Nada arriesgado, nada ganado

NEO.JAYDI

차 례

제3장 나는 해외파견근로자다 I

제4장 나는 해외파견근로자다 II

제5장 적도기니 이후

이 책을 쓰면서

아프리카 주요 산유국이자 신흥 강국인 적도기니. 하지만 우리나라에서 그곳을 아는 사람은 거의 없다. 내가 적도기니로 향했던 2013년에는 국내 포털 사이트에서 이 국가에 대한 정보를 찾을 수 없었고, 스페인어과 교수님들조차 스페인어를 사용한다는 것 말고는 아는 것이 없었다. 위험하고 무모하다는 주변의 만류에도 불구하고 나는 스물두 살의 젊은 패기로 그곳에서 첫 사회생활이자 해외 파견근무를 시작했고, 13개월의 시간 동안 기쁘기도 하고 슬프기도 하며 한국에서는 절대 경험할 수 없는 일들을 겪었다.

2022년인 지금도 국내에는 적도기니에 관한 책이 존재하지 않고 인터넷에 떠도는 정보도 외국 것을 번역해 온 것에 불과하다. 그동안 SNS와 뉴스 기사를 통해 적도기니가 어떻게 발전하는지 내가 있을 때와 무엇이 달라졌는지를 꾸준히 지켜봤다. 하지만 시간이 흘렀음에도 불구하고 생활방식이나 자연환경 등이 내가 있을 때와 크게 바뀌지 않았다. 물론 인터넷 보급이 확대되어 현지에서 유튜브나 SNS를 하는 사람들이 늘어나긴 했지만 주로 수도 말라보에서만 업로드 되고 있는 게 현실이다. 그래서 나는 내가 근무하며 머물던 내륙도시 에비나용, 에비베인, 몽고모 등을 국내에 소개하고, 스페인어나 건설업에 관심이 있는 사람과 아프리카에서 일해보고 싶은 사람들을 위해 국내 최초로 적도기니를 다룬 책을 내어 본다.

적도기니의 모습을 독자들에게 생생하게 전달하고자 현지 근무 당시 적어놓았던 일기를 활용했으며 저자인 나의 의도가 왜곡되지 않도록 원고 작성부터 교정 및 교열, 내지 디자인 편집까지 모두 혼자 해냈다. 혹여나 부족한 부분이 있을지라도 저자의 의도를 고려해 너그러운 이해를 바란다. 마지막으로 표지 디자인을 제작해 준 나의 사랑스러운 아내 강현정에게도 고마움을 표한다.

저자 소개

1990년생으로 한국외국어대학교에서 스페인어와 환경학을 공부하던 중 한송엔지니어링 소속으로 현대엔지니어링 적도기니 상하수처리시설 사업에 참여하며 해외파견근무를 시작했다. 이후 한국에 돌아와 문과 출신이지만 이공계 자격증들을 취득하며 일진전기에서 해외영업을 했고, 현재 서울에 있는 공기업에서 행정직으로 일하고 있다.

제1장

왜
적도기니행 비행기를
탔을까?

스페인어

경기도 파주에서 태어나 하천에서 물고기를 잡고 산에서 삐라[Bira:일본어]라 불리는 대남전단을 주우며 자란 나는 어릴 적부터 자연에 관심이 많았다. 서울에서 자란 또래들이 이 말을 들으면 놀라지만 나에게는 당연한 유년 시절이었다. 이렇게 책보다는 직접 몸으로 체험하는 일들이 많았던 나는 자연스레 과학에 관심이 생겼고, 특히 지질학이나 토목공학 등 땅과 관련된 일을 하고 싶었다. 그래서 고등학교 2학년이 될 때 당연히 이과를 선택했다. 하지만, 수학보다는 암기과목 성적이 높은 점과 당시 한국에서 이공계는 제대로 된 대접을 받지 못한다는 선생님의 설득에 넘어가 결국 문과로 변경했다.

왜 그랬을까. 지금도 후회하고 있다. 지금까지도 되돌릴 수 있다면 이과로 가고 싶은 마음이 남아있다. 그러나 어찌 됐든 내가 선택한 일이었고, 진로는 항상 바뀐다는 생각으로 스스로를 다독이며 당시 코앞에 닥친 대학 입시에 전념할 수밖에 없었다.

스페인어는 입학 원서를 내는 순간까지도 전혀 알지 못하던 생소한 언어였다. 오히려 남자답고 천연자원이 풍부한 북방을 노려 러시아어에 관심이 있을 정도였다. 하지만 때마침 국내 건설사들이 중남미로 진출하는 뉴스 기사가 많이 올라와 세계지도를 펴고 중남미 국가들을 알아보기도 했다. 얼음의 나라로 갈 것인가 태양의 나라로 갈 것인가를 갈등을 하는 사이 스페인어과와 러시아어과의 최근 입학 커트라인과 경쟁률까지 비슷해 둘 중 어느 것을 선택할지 고민을 많이 했다. 깊은 고심 끝에 내 선택은 스페인어였다. 이유는 간단했다. 사용 인구가 많고 국가도 다양해 내가 뭘 하든 기회가 더 많을 것이라 생각했기 때문이다.

한국외국어대학교에 입학한 후 전공수업에서 정말 열심히 공부했다. 교포, 유학파, 외고 출신 동기들은 신입생임에도 불구하고 원어민 교수들과 프리토킹^{Free Talking}을 하는 반면, 나 같은 토종 학생들은 알파벳을 외우고 있다는 현실이 너무 싫었기 때문이다. 악착같이 공부하다 보니 향상되는 실력만큼 스페인어에도 흥미가 생겨 이 전공으로 직업을 찾아야겠다는 생각까지 하게 되었다.

환경학

열심히 머리에 넣은 스페인어는 1학년을 마치고 입대한 해병대에서 대부분이 다시 머리 밖으로 빠져나갔다. 군대에서, 게다가 백령도라는 섬에서 누가 스페인어를 쓰겠는가. 가져간 전공 책은 거의 펼쳐보지 못한 채 무엇을 공부했고 무엇을 해야 하는지를 까맣게 잊은 채 하늘과 바다를 보며 하염없이 전역을 기다리던 나였다.

전역이 코앞으로 다가오자 2학년부터 선택해야 하는 이중전공에 대해 고민을 하기 시작했다. 당시 외국어 전공생은 상경계열을 선택하는 것이 진리로 여겨졌지만, 나는 경영과 경제는 정말 하고 싶지 않았다. 문과도 원해서 한 게 아닌데 원하지 않는 것을 또 하고 싶지는 않았다. 오히려 이번만큼은 정말로 내가 공부하고 싶은 것을 선택하고 싶었다.

병장 때 여유 시간이 많아 관심이 가는 과학 서적들을 꽤나 읽었고, 이때 내가 공부하고 싶은 것이 명확해졌다. 바로 환경학이었다. 환경학은 고등학교에서 배우는 물리, 생물, 화학, 지구과학을 기반으로 수질, 대기, 미생물, 폐기물에 대해 연구하는 학문이고, 나는 이 넷 중 어떤 것을 선택하더라도 자신이 있었다.

이러한 이유로 나는 복학 신청을 하며 이중전공으로 환경학을 선택했고, 이 선택으로 나는 문과생이 이공계 전공수업을 듣는 특이한 학생이 되었다. 당시 두 학과 교수님들은 이과에서 문과로 가는 것은 봤어도, 문과에서 이과로 가는 건 처음 본다면서 나를 자주 언급하곤 했다. 지금이야 융복합 인재나 4차 산업혁명이라는 말을 사용하며 계열 간 장벽이 허물어졌지만, 불과 2012년만 해도 교수고 학생이고 모두 나를 신기한 눈으로 쳐다볼 때였다. 이렇게 많은 사람들의 관심과 시선이 느껴지니 나는 정말로 문과생도 할 수 있다는 것을 보여주고 싶었다. 그래서 하교 후 밤마다 EBS 고등 과학탐구 강의를 들으며 기초부터 다시 공부했고, 누구보다 수업에 열심히 참여했다. 나중에 졸업할 때 보니 스페인어과 학점보다 환경학과 학점이 더 높은 것을 보고는 나 스스로도 참 이상한 놈이라고 생각할 정도였다. 그만큼 나는 해야 하는 일보다는 하고 싶은 일을 할 때 결과가 더 잘 나오는 놈이라는 것을 분명히 깨달았다.

적도기니에서 나를 건설하다

선택

노벨문학상을 수상한 프랑스의 작가이자 철학가인 장폴 사르트르$^{Jean-Paul\ Sartre}$는 "인생은 B^{Birth}와 D^{Death} 사이의 C^{Choice}이다."라는 말을 했다. 맞다. 누구나 인생을 크게 바꾸는 선택을 할 때가 있다. 나에게는 적도기니가 바로 그 선택이었다.

스페인 바르셀로나 자치대학교에서 공부한 지 1년이 되는 2013년 여름 어느 날, 지중해 밤하늘을 보며 미래를 걱정하던 나는 쉽게 잠이 들 수가 없었다. 당시 하고 있던 교환학생 프로그램은 며칠 뒤면 끝나는 상황이었고, 성공적인 취업을 위해 무언가를 더 해야만 했기 때문이다. 한국으로 돌아가 다시 학교를 다닐지, 인턴을 할지, 대외활동을 할지 등 취업에 도움이 되는 무언가를 해야 할 것 같다는 압박에 머리가 매우 어지러웠다. 이런저런 걱정으로 인터넷을 뒤지던 중, 아프리카 적도기니 현지 근무 문구가 눈에 띄었다.

적도기니 상하수처리시설 사업을 위한 스페인어 현지 통역사원 모집은 내 호기심을 자극하는 아주 흥미로운 공고였다. 『학력무관, 스페인어 구사, 수처리에 대한 지식, 아프리카에서 생활할 수 있는 강한 정신력과 신체를 가진 자』라는 자격요건은 모두 나를 위해 쓰여 있는 것만 같았다. 스페인어와 환경학을 공부하면서 신체가 매우 건강한 내가 적도기니에 도전하지 못할 이유는 전혀 없었기 때문이다. 입사지원서를 써본 적은 없었지만, 호기심과 열정으로 아주 빠르게 써 내려갔고 그날 밤 이메일로 제출했다.

그로부터 며칠 후, 한국으로 돌아와 여름 계절학기 수업을 듣던 중 주머니 속 휴대폰이 울렸다. 전형 결과를 애타게 기다리는 사람에게 모르는 번호로 연락이 오면 이렇게 흥분이 되는지 처음 알았다. 조심스레 받은 전화에서는 회사로 면접을 보러 오라는 말이 들렸다.

내 인생 첫 구직 면접은 떨렸고 또 떨렸다. 면접 전,

인터넷에서 적도기니에 대해 찾아봤지만 당시 국내 포털 사이트에는 적도기니에 대한 정보가 없었고, 해외 사이트에서도 그다지 도움이 될 만한 정보를 찾을 수 없었다. 결국 나는 준비를 거의 하지 못한 채 사무실 구석에 앉아 면접을 보고 나가는 사람과 면접을 보기 위해 들어가는 사람들을 바라볼 뿐이었다. 초조함 속에 드디어 내 이름이 불렸다. 내 차례가 온 것이었다.

면접 방식은 일대일이었고 아버지 나이대로 보이는 이사님 한 분이 들어왔다. 짧은 자기소개를 한 뒤 내가 받은 첫 질문은 "스페인어는 어느 정도 하는가?"였다. 사실 통역할 수 있을 만한 실력이 되지는 못했지만 거품을 살짝 넣어 여행이나 일상 대화 정도는 문제없이 할 수 있다고 했다. 이사님은 나를 바라보며 잠시 생각을 하더니 두 번째이자 마지막 질문을 했다. "8월 초에 출국할 수 있는가?" 전혀 예상하지 못한 질문이었다. 무슨 근거로 나에 대해 더 알아볼 필요 없이 바로 같이 가자는 말을 했을까. 추후에 안 사실이지만 스페인어와 환경학을 같이 공부한다는 것이 마음에 들었고, 해병대를 전역했으니 오지에서도 잘 버틸 거라고 생각했단다. 이렇게 내 인생 첫 구직 면접은 아주 잘 끝났고, 건강

검진과 황열병(Yellow Fever) 예방접종, 입국허가서 발급 등 출국 준비를 차근차근히 해 나갔다.

하지만 모든 일이 잘 풀리고 있음에도 불구하고 내 선택에 대한 의구심은 여전히 마음 한구석에 남아있었다. 한낱 대학생이 아프리카의 생소한 나라로 일을 하러 간다는 소식을 들은 가족과 친구들이 일심동체가 되어 나를 말리기도 했다. 적도기니는 스페인어권 국가지만 정작 스페인어과 교수도 학생도 모두 가본 적이 없는 그런 곳이었다. 게다가 북한, 중국, 쿠바 등과 매우 친밀한 관계를 맺고 있어 보통의 한국인은 그곳에 갈 수 없다는 것도 한몫했다. 이렇게 내가 확실한 결정을 내리지 못하고 갈팡질팡하는 동안 출국일은 점점 가까워졌고, 마지막 물음이라는 생각으로 친형에게 전화를 걸었다. 스스로는 결정할 수 없으니 형이 어떤 대답을 하든지 그걸 따라야겠다고 생각했기 때문이다. 두서없이 진심으로 내 고민을 털어놓자 형은 "만약 그 기회를 포기한다면 후회하지 않겠냐. 포기했을 때 후회를 조금이라도 할 것 같으면 절대 포기하지 마라"라고 대답했다. 지금도 그때가 생생하게 기억이 난다. 늦은 밤 아무도 없는 학교 버스정류장에서 휴대폰 너머로 들려온 형의 그 한마디가 내 인생을 크게 바꾸는 선택이 되었다.

적도기니

Guinea Ecuatorial

수　　도 - 말라보(Malabo)

정　　치 - 공화제, 대통령중심제

대 통 령 - 떼오도로 오비앙 은게마 음바소고

(Teodoro Obiang Nguema Mbasogo)

1979년 8월 3일 ~ 현재

면　　적 - 28,051㎢

시 간 대 - UTC+1

공 용 어 - 스페인어, 프랑스어, 포르투갈어

인　　구 - 1,468,777명

화　　폐 - XAF

주 요 역사 - 1474년 포르투갈 식민지

- 1778년 스페인 식민지

- 1968년 10월 12일 독립

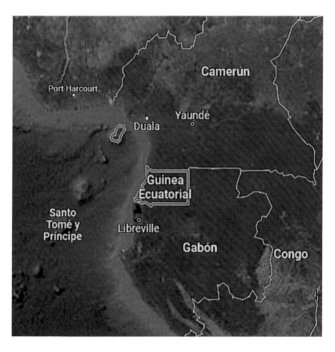

© Google Maps

제 **2** 장

미지의 땅
적도기니

해외 현장

나의 첫 일자리로 가는 길은 결코 짧지 않았다. 인천 공항을 떠나 홍콩, 에티오피아를 거쳐 20시간 만에 비오꼬 섬La Isla de Bioko에 위치한 적도기니의 수도 말라보Malabo에 도착해 호텔에서 하루 묵고, 다시 프로펠러 비행기로 1시간을 날아가 내륙 도시 바따Bata로 들어간 뒤, 또다시 차로 5시간을 달려 에비나용Evinayong 캠프에 도착했다. 적도기니 국토 면적은 우리나라의 경상남북도를 합친 것보다는 조금 작은 크기지만 도로 사정이 좋지 않아 차로 가는 시간이 꽤나 걸렸다.

바따에서 에비나용까지 이동하며 바라본 적도기니의 첫 모습은 충격 그 자체였다. 뜨거운 햇살, 울창한 밀림,

나무판자로 지어진 집, 그리고 난생처음 보는 거대한 불도저 뒤로 흩날리는 붉은 흙먼지까지 온통 처음 보는 광경들이었다. 이렇게 내가 놀란 눈으로 창밖을 쳐다보자 현지인 운전기사는 최근 들어 내륙에도 발전소, 상하수도, 도로 등 인프라를 조성하기 위해 전 국토를 공사하고 있다고 아주 자랑스러운 듯이 말했다. 마치 여행 다큐멘터리에서 현지인이 제작진에게 온 힘을 다해 자신의 마을을 자랑하듯이 말이다.

　흙먼지를 뚫고 도착한 에비나용 캠프는 시내 가장자리에 숲을 밀어버리고 몇 개의 컨테이너를 놓아 만들어진 곳이었다. 낮에는 수많은 도마뱀들이 벽에 달라붙어 일광욕을 즐기고, 밤에는 손바닥만 한 벌레들이 날아다니며 하루에도 수십 번을 내가 자연 속에서 생활하고 있다는 사실을 깨닫게 해 줬다.

　적도라 하면 다들 덥겠다고 생각하겠지만 생각만큼 더운 곳은 아니다. 오히려 한국보다 시원하다고 하는 게 맞겠다. 햇볕은 뜨겁지만 땀이 나면 그늘에서 금방

식고, 밤에는 겉옷을 입을 만큼 서늘하기 때문이다. 게다가 건기에는 빨래가 한 시간이면 바싹 마르고 우기에라도 폭풍우처럼 내린 비가 반나절이면 사라지는 건조한 곳이기 때문에 습하고 불쾌한 더위가 존재하지 않는다. 이뿐만이 아니다. 추위를 좀 타는 사람이라면 밤에 반드시 전기장판을 켜고 자야 할 정도였고, 밤새 찬바람이 지나간 자리에는 주먹만 한 풍뎅이들이 바닥에 누워 마지막 순간을 기다리고 있었다. 풍뎅이들에게는 미안하지만 단단하고 동그란 사체를 발로 차며 노는 것도 꽤나 재밌었다.

팡어와 스페인어

아프리카는 과거 유럽 열강들에 의해 부족과 언어에 상관없이 획일적으로 국경이 그어지면서 토착어와 유럽의 언어들이 뒤죽박죽 섞여버렸다. 이 소용돌이 속에서 적도기니도 예외는 아니었다. 프랑스의 영향을 받는 동시에 포르투갈과 스페인의 식민지였다가 1968년에 스페인으로부터 완전히 독립했음에도 불구하고 여전히 스페인어와 프랑스어, 포르투갈어를 공식어로 지정하고, 토착어인 팡어Fang까지 사용하면서 스페인어로 써놓고 팡어로 말하는 아주 혼란스러운 곳이 되어버렸다.

아프리카에서 유일하게 스페인어를 사용하면서 스페인어와 포르투갈어 사용국의 국제기구인 이베로 아메리카 국가기구OEI:La Organización de Estados Iberoamericanos의 회원국이기도 한 적도기니는 스페인어를 제1공용어로 지정해 사용하고 있음에도 불구하고 국경과 가까워질수록 프랑스어를 사용하는 사람이 많고, 너무 오래 전에 사용하던 포르투갈어는 현재 사용되지는 않지만 포르투갈어 사용국 공동체CPLP:La Comunidad de Países de Lengua Portuguesa의 회원국 지위를 유지하기 위해 명목상 존재할 뿐이다. 그리고 일상 대화에서는 주로 팡어를 사용하지만 글자가 존재하지 않아 시간과 지역에 따라 조금씩 변형되다 보니 부족이 다르거나 먼 지역의 사람들이 만나면 팡어보다는 스페인어로 의사소통을 한다.

공항이나 은행처럼 비교적 컴퓨터가 많이 사용되는 곳에서는 키보드로 친 문서를 프린터로 출력하면서 프랑스어로 적힌 것들이 보였는데, 여전히 공무원들이 사용하는 타자기에서 뽑힌 문서들은 스페인어로만 작성되어 있었다.

REPUBLICA DE GUINEA ECUATORIAL
MINISTERIO DE SANIDAD Y BIENESTAR SOCIAL

HOSPITAL PROVINCIAL " Bonifacio Ondó Edú "
EVINAYONG

Núm.........
Ref.Gria.
Secc.Adtiva.

ESTIMADO SEÑOR:

ANE/.-

Para llevar a cabo una Campaña de Vacunación contra el Sa-
rampión que se registra seriamente en todos los poblados de es-
te Distrito, estas Direcciones (Gerencial y Técnica) solicitan/
un apoyo para que se pueda ejecutar próximamente la mencionada/
campaña.

Esperamos vuestra entera colaboración, saludándole.

Evinayong, a 8 de Abril de 2.014.-

Vº   Bº   POR UNA GUINEA MEJOR
EL DIRECTOR GERENTE   LA DIRECTORA

Domingo NDONG MBA   Dra. Lucrecia BILOGO

SEÑOR DIRECTOR DE LA EMPRESA/REPRESENTANTE DE HUNDAY

스페인어로 적힌 보건사회복지부의 홍역 예방 캠페인 지원 요청 공문

디지털 국가

적도기니 같은 아프리카의 개발도상국을 다녀온 사람들은 흔히 "대한민국의 1970~80년대 모습을 보는 것 같다."라고 말한다. 하지만 이것은 명백히 틀린 말이다. 한국은 빠르지만 차근차근 아날로그에서 디지털 시대로 발전한 반면, 아프리카의 개발도상국들은 아날로그를 건너뛰고 바로 디지털 시대를 직면했다. 쉽게 말하자면 종이 편지를 주고받다가 유선전화를 건너뛰고 바로 휴대폰을 쓰기 시작한 것이다. 우리나라에서는 너무나도 당연한 카드 결제와 전화선이 이곳에서는 매우 낯선 문명이지만 아이러니하게도 길거리 매대에서조차 무선으로 모바일 결제가 가능한 디지털 국가인 것이다.

이렇게 아날로그를 건너뛴 이유는 아마도 마을 사이마다 존재하는 밀림이 워낙에 울창하여 그 안을 관통해야 하는 가공선이나 지중선을 함부로 설치할 수 없었기 때문이라고 생각한다.

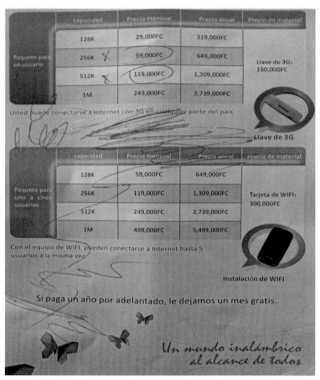

WIFI와 3G 데이터 단말기 요금표

적도기니 속 대한민국

적도기니에서는 거의 모든 국민이 휴대폰을 소유할 만큼 휴대폰 보급률이 높다 보니 밀림 속 마을에서도 삼성을 모르는 사람이 없었다. 시내 전자제품 골목을 지나다니면 여기저기서 삼숭^{Samsung:삼성의 스페인어 발음}이라고 소리치는 호객행위를 어렵지 않게 마주칠 수 있었다. 물론 모두가 삼성 휴대폰을 사용하는 것은 아니고, 중국과 일본 제품도 많이 유통되었다. 나도 현지에서 몇몇 외국 브랜드 휴대폰을 잠깐 사용해 봤는데, 한국 브랜드 휴대폰이 반응도 빠르고 매우 안정적이었다. 어떤 휴대폰은 자꾸 꺼지기도 했고 일회용품처럼 금방 고장이 나기도 했으니 왜 현지인들이 삼성 휴대폰, 정확히 말하자면 삼성전자 스마트폰을 집착하다시피 원했는지를 알 수 있었다.

삼성이 전자제품을 장악했다면, 나머지는 윤다이Hyundai:현대의 스페인어 발음가 맡았다. 현대엔지니어링은 적도기니 주요 도시들의 상하수처리시설 EPCEngineering, Procurement, Construction와 시설 운영을 위해 진출했지만, 현대가 단순히 건설만 하고 빠졌겠는가. 현대엔지니어링을 중심으로 현대자동차그룹 내 여러 계열사들이 하나가 되어 자동차, 자재, 설비, 운송 등 사업에 필요한 모든 것을 자급자족하니 적도기니 어딜 가도 현대 로고가 붙어있지 않은 곳이 없을 정도였다.

이 외에도 싱가포르의 대표적인 5성급 호텔 마리나 베이 샌즈Marina Bay Sands를 시공한 쌍용건설은 동남아시아를 순방 중이던 떼오도로 오비앙 은게마 음바소고Teodoro Obiang Nguema Mbasogo 적도기니 대통령으로부터 극찬을 받으며 대통령 영빈관을 수주해 공사를 진행하고 있었다. 쌍용건설의 적도기니 진출에 관해서는 이것 말고도 오비앙 대통령의 아들과 쌍용건설 김석준 회장의 아들이 영국에서 함께 유학 생활을 하며 쌓은 친분이 쌍용건설의 머나먼 아프리카 진출의 견인차 역할을 했다는 말도 있다. 훗날 쌍용건설은 적도기니에서 국제공항과 랜드마크가 될 만한 건물들을 수차례 수주했고, 2015년에는 오비앙 대통령이 한국에 방문해 김 회장과 단독 면담을 할 만큼 적도기니에서 대한민국을 대표하고 있었다.

한국수자원공사K-water도 대한민국 공기업 중 유일하게 적도기니에 진출해 현대엔지니어링이 준공한 몇몇의 정수장을 운영했다. 하지만 수자원공사는 적도기니 경험이 없었고 현지 사정도 전혀 몰랐기에 처음에는 무척이나 애를 먹었다.

그러나 이처럼 한국 기업들이 적도기니에서 높은 위상을 떨치고 있었음에도 불구하고 한국은 그들에게 무척이나 생소한 나라여서 상당수는 일본이나 중국 기업으로 알고 있었으며, 심지어는 북한 기업으로 착각하는 사람도 더러 있었다.

한편 북한에서 온 사람들은 우리들과의 교류를 완전히 차단한 채 대통령궁을 비롯한 많은 곳에서 조경을 맡아 부지런히 일하고 있었다.

거주비자

　말라보 국제공항 입국심사 때는 적도기니 부통령의 직인이 찍힌 입국허가서를 보여주면 통과됐지만, 이틀 이상 머물기 위해서는 거주비자를 발급받아야 했다.

　적도기니 비자 발급은 단순하다면 단순하지만 반대로 골치 썩을 정도로 애먹이는 점도 있었다. 한국에 적도기니 대사관이 없으니 미리 방문해 인터뷰할 필요도, 많은 서류를 제출할 필요도 없는 대신 적도기니에 도착해 비자를 받을 여권, 현지 근무를 증명하는 서류, 그리고 가장 중요한 돈만 있으면 됐다. 시간이 오래 걸리고 추가 비용이 들기도 했지만 일단 제출만 하면 알아서 진행이 되니 우리는 기다리기만 하면 되는 식이었다.

심지어 남이 가서 제출해도 됐기에 각 현장마다 여권을 걸어 말라보에 있는 직원에게 보내기도 했다.

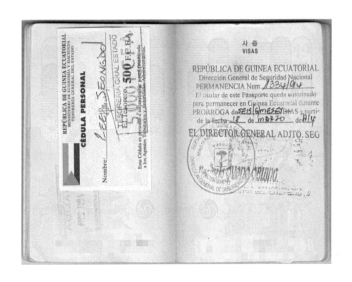

거주비자의 유효기간은 3개월인데 일찍 나오면 한 달, 늦게 나오면 세 달 이상 걸리기도 해 비자를 받자마자 다음 3개월 갱신을 위해 다시 보내는 경우도 있었다. 마지막 비자는 평소와 다르게 6개월짜리로 받았었는데, 아마도 대행 직원이 돈을 많이 쓴 것 같았다.

여기서 웃긴 점은 현재 비자 기간이 유효하지만 갱신

을 위해 여권을 제출한 상태라면 검문소 군인들의 맛있는 먹잇감이 됐다는 것이다. 군인들은 마을과 마을 사이 도로에 드럼통 2개와 긴 나무 막대기 하나를 이용해서 간이 검문소를 설치하고, 이곳을 지나가는 차량을 세워 비자나 운전면허증이 없는 외국인을 단속했는데 유효기간이 충분한 비자 사본을 보여줘도 도통 말이 통하지 않았다.

이럴 때는 싸우지 말고 기부한다는 생각으로 동료들과 맥주 한 잔 하라며 지폐 몇 장을 쥐여 주면 갑자기 친한 친구처럼 인사하고 통과시켜 줬다. 간혹 차 키를 뺏거나 도로를 폐쇄하기도 하는데 이때는 조금 더 큰돈을 쥐여 주면 역시나 친구처럼 배웅을 해줬다.

그리고 적도기니는 한국에서 발급하는 국제면허증이 허용되지 않기에 현지에서 새로운 면허증을 만들어야 했다. 한국의 운전면허증, 증명사진, 그리고 빠른 처리를 위한 약간의 돈으로 쉽게 만들 수 있었다. 현지 면허증은 얼핏 보기에는 종이에 사진을 붙이고 코팅을 해 조잡해 보이지만, 직인과 서명도 모자라 홀로그램 스티커까지 붙이는 나름의 치밀한 과정을 거친 결과물이다.

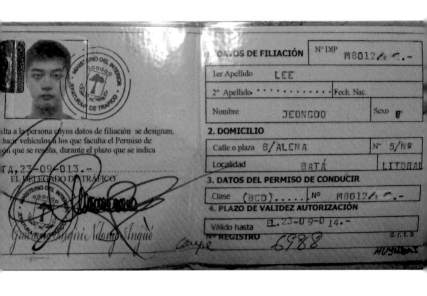

화폐

적도기니에서 사용하는 화폐 Franc CFA[ISO 4217:XAF]는 적도기니를 포함한 카메룬, 가봉, 중앙아프리카 공화국, 차드, 콩고 공화국 총 6개국에서 공식적으로 사용되고 있다. 서아프리카 8개국에서 사용되는 화폐 Franc CFA[ISO 4217:XOF]와 헷갈리는 경우가 많으나 동전과 지폐가 전혀 다르게 생겼다.

공식적으로는 1,000 FCFA 또는 XAF라고 적어야 하지만 일상에서는 1,000 세파스[Céfas]나 프랑꼬스[Francos]라고 쓰고 말한다. 나의 경우 프랑꼬는 사용하지 않았고, 세파만 사용했으며 은행에 가서도 말로는 세파라 말하고 종이에 적을 때만 XAF를 사용했다.

세파는 특이하게도 유로와 고정환율을 사용하고 있다. 유로나 세파의 가치가 얼마나 변하든 상관없이 1 EUR = 655 XAF의 가치를 유지한다. 간혹 몇 년에 한 번 여러 이유로 가치가 조금 변하긴 했지만 그 변동 폭이 20 XAF 내외로 한화로 기껏해야 40원 정도 변동하는 것에 그쳤다. 2013년부터는 환율이 안정이 되어 현재까지 쭉 655 XAF를 유지하고 있다.

이렇게 유로와 세파가 고정환율로 안정적인 상태를 유지하는 반면 우리나라 원화는 환율 변동으로부터 자유롭지 못하다. 다행히도 내가 있던 2013년부터 2014년까지는 1 EUR = 1,450 KRW에서 크게 변하지 않아 세파를 우리 돈의 절반 가치로 생각하면 머릿속으로 계산하기 수월했다. 내가 좋아하던 환타 한 캔이 500 세파스였으니 우리 돈으로 약 1,000원인 셈이었다.

한국에서 돈을 가져올 때는 먼저 유로로 바꾼 뒤에 적도기니에서 세파로 다시 바꾸었는데, 은행에서 하면 수수료 손해를 거의 보지 않고 바꿀 수 있었지만 서양의 은행들처럼 업무 속도가 아주 느려 자주 이용할 수는 없었다. 그래서 보통은 손해를 조금 보더라도 한국 기업을 상대로 하는 현지 에이전트를 통해 환전했다.

© guineainfomarket.com

제 **3** 장

나는
해외파견근로자다 I

근무 시작

에비나용에 도착한 날, 캠프 중앙에 위치한 사무실에서 현장소장님과 간단한 인사를 나누고, 내 방을 찾아 옆 건물로 이동했다. 사무실 바로 옆에 위치한 4평 남짓의 컨테이너 하우스는 에어컨과 침대, 옷장이 있는 1인실이었다. 옷장 옆으로 식당이 보이는 작은 창문이 붙어있고, 그 밑에는 누군가가 자투리 나무로 만들었을 법한 작은 나무 책상이 놓여있었다. 작다면 작을 수 있는 4평짜리 방이지만 나의 초라함과 낯선 환경으로 인해 오히려 방이 크게 느껴지는 첫날이었다.

다음날 아침 6시 40분, 알람 소리와 함께 창밖에서 들리는 말소리에 잠이 깨 식당으로 향했다. 평소 아침

밥을 먹지 않는 나였지만 새로 들어온 막내가 편하게 누워만 있기에는 눈치가 보였기 때문이다. 적도기니에서 먹은 첫 아침밥은 갓 구운 식빵, 계란 프라이, 치즈, 딸기잼, 우유, 그리고 미역국과 밥이었다. 눈치가 보이고 잠이 덜 깨 정신이 없었지만 한국인 주방장이 직접 조리한 미역국 덕분에 낯선 긴장감을 조금이나마 녹여 내릴 수 있었다.

8시 출근이지만 아침밥을 먹기 전 진즉에 출근 준비를 마친 사람들은 사무실 앞에 옹기종기 모여 사무실에서 흘러나오는 와이파이 신호를 잡아 한국에 있는 가족들과 연락을 주고받거나 커피를 마시며 지난밤 보았던 드라마나 영화에 대해 이야기를 나누곤 했다. 그러나 나는 10분이라도 더 자고 싶은 나이였기에 밥을 먹기 직전에 일어나는 생활을 했다.

당시 적도기니에 있던 한국인들에 대해 말하자면 전국에 있는 교민과 대사관 분관 직원, 기업인, 파견근로자 등을 합쳐도 채 100명이 되지 않았고, 나는 22살로 당연히 가장 어렸다. 대사관 분관에 여자가 한 명 있다는 소문이 돌기는 했지만 내가 두어 번 갔을 때는 만나지 못해 당시 한국인들은 모두 남자였다고 지금도 믿고 있다. 첫 근무지인 에비나용에는 한국인이 나까지 6명이 있었고, 두 달 뒤 후발대가 들어와 8명으로 불어났다. 물론 모두 나보다 나이가 많았다. 가장 연장자인 50대 조 이사님 아래로 50대, 40대, 30대 그리고 20대인 내가 있었으며 다른 현장에서 출장을 온 사람들도 전부 최소 30대 이상이었다.

　　적도기니에서 나를 건설하다

나의 업무

적도기니에서 내가 맡은 업무는 크게 스페인어 통역과 공무였다. 통역은 하우스키퍼, 주방보조, 인부 등에게 작업 지시를 전달하는 게 주를 이뤘고, 공무는 도면 편집, 기성 내역서 및 각종 보고서 작성이 대부분이었다. 다른 현장들에도 나와 같은 통역사원이 1명씩 배치되어 현장소장의 비서 역할을 하면서 대관업무, 현지인 근로자 관리, 민원처리 등을 함께 수행했다.

이뿐만이 아니었다. 나는 그 도시에서 유일하게 스페인어를 구사하는 한국인이었기에 때와 장소를 가리지 않고 통역이 필요하면 어디든지 달려가야 했다. 때로는 힘들기도 했으나 재밌는 일도 많았고 무엇보다도 자유

로운 이동을 위해 회사 차를 마음껏 사용할 수 있는
특권을 누리기도 했다. 비록 1톤 트럭 포터^{Porter}였지만
나는 이 차 덕분에 자유로운 영혼이 되어 시내 곳곳을
돌아다닐 수 있었다.

공무는 한글, 워드, 파워포인트 등의 툴^{Tool}을 다루는
것부터 컴퓨터와 복합기 운용까지 사무실의 모든 기기
들을 다룰 줄 알아야 했다. 특히 건설업의 기본인 캐드
^{CAD}는 반드시 알아야 하는 기본 중에 기본이었다.

아직도 생생하게 기억이 나는데, 적도기니에 도착한 다음날 밤, 이사님은 내게 "캐드는 할 줄 알아?"라고 물었다. '캐드? 캐드가 뭐지?' 순간 머리를 아무리 쥐어짜내도 캐드라는 게 뭔지 도통 알 수 없었다. 결국 무식하면 당당하다는 말처럼 나는 누구보다 당당하게 "캐드가 뭐예요?"라고 대답했다. 이사님은 어이가 없었는지 크게 웃으며 "배우면 되지~" 하고는 방으로 들어갔다. 그때부터였다. 내가 캐드에 손을 대기 시작한 때가.

이후 캐드를 배우면서 도면 편집까지 내가 직접 하게 되니 남에게 도면 수정을 요청하고 기다리는 시간을 아낄 수 있었다. 그러나 업무 속도가 향상되었음에도 불구하고 낮에는 현장에서 보내는 시간이 많다 보니 문서 작업은 항상 쌓여있었고, 빨리 끝내고 자고 싶어 늦은 밤까지 열심히 할 수밖에 없었다.

적도기니에서 나를 건설하다

경비초소

　나의 첫 근무지 에비나용 하수처리장은 산 넘어 작은 마을에 있는 산호세$^{San\ José}$ 하수처리장까지 함께 관리해야 하는 꽤나 규모가 큰 곳이었다. 그만큼 규모가 크기도 했지만 지리적으로 떨어진 두 개의 처리장을 24시간 감시해야 하다 보니 어쩔 수 없이 우리는 현지 경비원들을 추가로 고용해야만 했다.

　하지만 인력만 늘리면 뭐 하나. 밤에는 춥고 우기에는 밤낮으로 폭우가 쏟아져 근무를 제대로 설 수 있는 환경이 아니었다. 그래서 보다 쾌적한 근무 여건 조성을 위해 소장님은 경비초소를 짓기로 결정했고, 나는 트럭을 끌고 시내에 나가 필요한 자재를 구매해왔다.

도면은 없었다. 기계 담당 조 이사님의 머리에 배관공 리베라또와 전기공 에우헤니오의 손이 더해져 긴 의자와 창문까지 갖춘 꽤나 그럴듯한 목조 건물을 멋있게 완성했다. 현장 신입이었던 나는 마지막에 페인트칠 임무를 맡았다. 이곳 적도기니에서는 대통령 가족이나 공무원 같은 상류층이 아니라면 자신들이 거주할 집을 직접 짓는 것이 보편화되어있어 이렇게 작은 초소 같은 것쯤은 반나절이면 뚝딱 만드는 쉬운 일이었다.

2013년 9월 3일 화요일

우기가 다가와서 그런지 화창한 날이 드물고 흐린 날이 대부분이다. 하지만 자외선은 여전히 강해서 눈을 똑바로 뜨기 힘들고 살도 금방 탄다.

여전히 마을 두 곳을 돌아다니며 하수 드레인과 맨홀을 점검하고 보수했다. 잡부 한 명을 잘랐고 가정부는 딸이 사라져 일을 나오지 못해 다른 가정부가 대신 나오고 있다.

오늘은 도지사가 갑작스럽게 방문하여 자신의 집 상수도 문제 해결과 마을 외곽에 새로 짓는 건물들에 상하수 관로를 연장시켜달라고 요청했다. 상수를 담당하는 수자원공사의 통역사가 부재중이어서 내가 대신 통역을 맡았다. 놀랍게도 도지사의 집은 내가 자주 다니던 길에 있었다. 그는 고장이 난 수도와 변기를 내게 보여줬다. 하지만 사실 이것은 수자원공사나 우리가 해결

할 문제가 아니다. 우리는 정수와 하수를 처리하는 일을 하지 집안의 설비들까지 고쳐줄 의무는 없기 때문이다.

새로운 달이 시작하면서 야간 경비로 오는 두 명의 군인이 바뀌었다. 8월 마지막 날, 내가 밤에 나가지 않아 인사를 못한 것이 굉장히 아쉽다. 끄리스삔(crispin)과 사뚜르니노(saturnino)는 농담도 잘 하고 이해심이 많은 친구들이었다. 어제 새로 온 군인 2명을 봤는데 한 명이 좀 이상했다. 다른 경비들과 잘 어울리지도 않고 계속 멍한 표정을 짓고 있었다. 군 복무 시절 가끔 그런 후임들이 들어오면 얼마 지나지 않아 부적응자로 전출 가고는 했다. 이 일기를 쓰고 나가서 다시 한번 만나보려고 한다.

현대의 김 대리님이 곧 휴가를 가고, 내가 그의 일을 대신 해야 한다. 현지인원 수송과 캠프의 여러 일들을 모두 봐야 한다. 이번 주와 다음 주에 노동사회보장부와 정부의 감사단이 방문할 예정이어서 준비를 해놨지만, 여전히 긴장이 된다. 실수라도 있으면 일이 상당히 복잡해질 것이다.

사탕수수를 먹어봤는데 굉장히 맛있었다. 기다란 사탕수수 줄기 껍질을 이로 벗겨내고 줄기 속살을 씹어 먹었는데 아삭아삭하며 달콤했다. 단물이 빠지면 뱉고 다시 벗겨 먹고 그런 식이다. 슈퍼에서 바르셀로나 맥주 에스뜨레야(estrella)를 봤다. 바르셀로나에 있을 때는 그다지 좋아하는 맥주가 아니었는데 아프리카에서 보니 굉장히 반가웠다. 하지만 이 맥주 특유의 쇠 맛이 싫어 사지는 않았다.

공용수도전

냇가에서 물을 길어 오던 이곳에 수도시설이 들어온 것은 불과 몇 년 전의 일이다. 당연히 내가 오기 전 시공팀이 시공한 것들이고, 나는 그 시설을 보수하는 일을 했다. 한국인들은 수도꼭지부터 하수구까지 사용이 익숙하지만 적도기니인들은 처음 보는 물건이다 보니 거칠게 사용해 고장이 매우 잦았다. 하수구에 쓰레기가 들어가 속이 막히거나 입구가 부서지는 것은 다반사고 서너 가구가 함께 사용하는 공용 수도전의 수도꼭지를 떼어가 자기만 사용하는 사람들도 꽤나 많았다.

고장이 나거나 부서진 수도전을 보수하고 나면 항상 해야 하는 것이 있었는데, 바로 현지인 교육이었다. 공용 수도전을 사용하는 가구의 사람들을 불러내 시범을 보이며 사용법을 설명하고, 하지 말아야 할 행동들을 확실하게 알려줘야 다시는 이런 일이 발생하지 않았기 때문이다. 만약 고장이 다시 나더라도 그때는 절대로 고쳐주지 않겠다고 강하게 말하면 정말로 다시는 고장을 내지 않기 위해 사용법을 철저히 지키는 모습에서 현지인들의 순수함이 느껴지기도 했다.

제초작업

    TV에서 보던 열대우림. 1년 내내 멈추지 않고 빠르게 자라는 식물들. 그곳의 제초작업은 마치 밑 빠진 독에 물 붓는 콩쥐처럼 눈만 뜨면 풀과 싸워야만 했다.

    하지만 현지에 적응한 뒤로는 제초작업 같은 단순노동을 할 때면 틈틈이 짬을 내어 소소한 놀 거리를 만들기도 했다. 한국에서 쉽게 볼 수 없었던, 관상용으로만 기르던 미모사^{신경초}가 이곳에서는 흔하디흔한 잡초 취급을 받고 있었다. 미모사를 처음 본 나는 잎이 닫히고 축 늘어지는 반응을 보기 위해 손가락으로 툭툭 치면서 놀았는데, 옆에서 예초기를 돌리던 리베라또와 에우헤니오는 언제나 가차 없이 베어버리고 내 앞을 지나갔다.

적도기니에서 나를 건설하다

침팬지

    무더운 날이었지만 그날도 어김없이 펌프 스테이션에서 제초작업을 하고 있었다. 이런 우리 뒤로 한 꼬마와 청년이 다가왔는데 아빠와 아들처럼 다정하게 장난을 치며 지나가길래 '무슨 재밌는 일이 있나'하고 쳐다봤더니 청년과 손을 잡고 걸어가는 꼬마가 어딘가 이상해 보였다. 내가 그들에게 다가가 자세히 보니 그 꼬마는 사람이 아니라 침팬지였다. 나를 보고 놀랐을 법도 한 침팬지가 뒤로 도망을 치기는커녕 마치 나에게 뭐라고 말을 하듯이 이런저런 표정을 지어줬는데 감히 인간과 짐승으로 구분한다는 것 자체가 미안할 만큼 정말로 귀엽고 사랑스러웠다.

　　　적도기니에서 나를 건설하다

에비나용 친구들

에비나용 현지인들 중에는 나이 상관없이 친구처럼 지내던 동료들이 있었다. 에비나용 삼총사라 불렸던 리베라또^Liberato, 에우헤니오^Eugenio, 앙헬^Ángel 그리고 운전기사 마르셀로^Marcelo와 수많은 야간 경비원들까지 모두 내가 현지 적응에 힘들어할 때 웃어주고 놀아주었던 소중한 이들이다.

나보다 어리지만 아내와 아들이 있는 전기공 리베라또는 언제나 긍정적이고 적극적이어서 어려운 일에 봉착할 때마다 가장 먼저 해결하려는 친구였고, 할배라고 놀림당하는 40대 배관공 에우헤니오는 유일한 흡연자였지만 모든 것을 다 아는 듯한 인자한 장로의 미소를 자주 띠었다. 그리고 성격도 워낙 좋아 프랜다^{Friend}라는 별명으로 한국인들과도 잘 어울렸다. 수도 말라보에서 대학교를 다니는 딸에게 용돈을 보내기 위해 돈을 허투루 쓰지 않고 꼬박꼬박 모았으며, 때로는 엽총과 정글 칼 마체떼^{Machete}를 들고 숲으로 퇴근하는 무서운 사냥 꾼으로 변하기도 했다.

내가 고용한 잡부 앙헬은 리베라또와 에우헤니오를 보조하는 역할을 맡았다. 월급을 주면 일주일도 안 되

어 술을 마시고 노는 데 탕진하는 친구였지만, 시키는 일은 어떤 것이든 끝을 보고야 마는 집념의 사나이였다. 운전기사 마르셀로는 족장 집안 출신으로 아버지가 경찰 간부였다. 집안도 든든한데 덩치마저 커서 마르셀로가 운전하는 차에 타면 경찰이든 군인이든 양아치든 그 누구도 우리 앞을 막지 못했다.

현장 경비는 군인과 민간 경비원이 함께 캠프와 처리장을 감시하는 구조였는데, 군인들은 순환근무 때문에

자주 바뀌었다. 군인과 민간 경비원은 웬만하면 서로 말을 섞지 않았으나 내가 놀러 갈 때만큼은 다 같이 모여 수다를 떨다 보니 종종 그 소리가 숙소까지 들려 시끄럽다는 구박을 받기도 했다.

한번은 헌병 끄리스삔^{Crispín}이 AK-47 소총에 실탄을 장전하고 내 이마에 겨눴었으나 알고 보니 착한 친구였고, 보병 사뚜르니노^{Saturnino}는 평소에는 무뚝뚝했지만 커피를 주거나 사진을 찍을 때면 환한 미소를 띠었다. 그리고 내가 있는 동안 쭉 함께 했던 두 명의 루이스가 있는데, 나이 많은 루이스는 어른이라는 뜻의 그란데를 붙여 루이스 그란데^{Luis Grande}라 불렸고 어린 루이스는 어리다는 뜻의 뻬께뇨를 붙여 루이스 뻬께뇨^{Luis Pequeño}라고 불렀다. 루이스 그란데는 급여와 근무환경에 대해 불만을 자주 토로했으나 좋아하는 커피와 설탕을 주면 한동안은 조용히 지낼 수 있었다. 반면에 루이스 뻬께뇨는 나에게 스마트폰과 노트북 사용법을 알려달라고 넉살 좋게 먼저 다가와 친해졌고 한국에 대해 굉장한 관심도 보였다. 그래서 한번은 노트북으로 2013년에 개봉한 한국 영화 숨바꼭질을 보여줬더니 높은 아파트와

고급스러운 자동차들을 보고는 믿기지 않는 눈치로 이 것들이 모두 진짜냐고 묻기도 했다.

이들은 급여 문제로 나와 서로 얼굴을 붉힌 적도 있었지만, 모두 가족을 위해 헌신하는 착한 친구들임에는 분명했다. 내가 이 친구들을 언제 다시 볼 수 있을지는 모르겠지만 다들 각자의 삶에서 행복하고 건강하게 살고 있기를 바란다. 아마도 에우헤니오는 이미 귀여운 손주까지 봤을 것이 분명하다.

월급날

매달 5일 월급날이 되면 현지인 근로자들은 아침부터 싱글벙글 하루 종일 신이 나있고, 특히나 월급을 주는 나에게는 한없이 친절하고 다정하게 인사했다. 내가 먼저 물어보지 않아도 월급을 받으면 어느 술집을 갈지, 가족들과 무슨 음식을 먹을지를 자랑을 하거나 이번에는 저번보다 얼마나 더 많이 받을지 내게 압박 아닌 압박을 하기도 했다.

퇴근 한 시간 전 오후 4시에 경비초소로 주간 근무자들을 불러 모아 차례대로 줄을 세우고 나는 책상 앞에 앉아 미리 채워놓은 노란색 월급봉투와 프린트해 온 급여명세서를 꺼냈다. 월급은 보통 20만~40만 세파스(한

화 약 40만~80만 원)인데, 당연히 직무에 따라, 출근 일수에 따라 덜 받기도 하고 더 받기도 했으며 야간과 휴일 수당은 철저히 지켜 지급했다. 간혹 자신들이 예상했던 돈보다 적게 받으면 표정이 둘로 나뉘었다. 실망하며 이유를 궁금해하는 얼굴과 얼굴을 붉히고 화를 내는 얼굴들이 나를 노려봤지만 절대 당황하지 않고 그때만큼은 감정을 없애고 한없이 차갑고 이성적으로 대하면서 그들이 아침저녁으로 찍었던 출퇴근 기록카드와 계산기를 꺼내 눈앞에서 일일이 계산을 보여주며 납득시켜야만 했다.

하나씩 다시 계산하는 일은 시간이 걸리고 번거로운 일이었지만 의혹을 풀지 않은 채 월급을 줘버리면 노동부에서 나를 부르는 일이 생겼기 때문에 결코 하지 않을 수가 없었다. 나는 적도기니 노동법을 지키면서, 그리고 반올림까지 하면서 월급을 모자라지 않게 챙겨줬지만 임금 착취 신고로 노동부에 불려 갈 때면 신고를 한 사람이 원망스럽기도 했다. 물론 항상 신고자의 계산 착오로 결론이 났지만 노동부 직원에게 한소리 듣는다는 것 자체가 기분이 썩 좋지만은 않았다.

한편 대면으로 월급을 주는 입장인 나는 고생한 것에

비해 적게 받아 가는 이들과 당장 큰돈이 필요한 이들의 사정을 알고 있었기에 항상 미안한 마음을 갖고 있었다. 그렇지만 내가 임금을 마음대로 올려줄 수는 없는 입장이니 별다른 도리가 없었다. 이런 경우에는 한국인 동료들이 한국인의 정이라는 이름으로 맛있는 음식과 입지 않는 옷을 챙겨주면서 조금이나마 그들의 아픈 마음을 달래주었다.

적도기니 일기

2013년 9월 15일 일요일

김 대리님이 한국으로 휴가를 떠난 지 일주일이 지났다. 계장 담당 최 과장님이 에비베인에서 잠시 이쪽으로 파견을 와서 함께 지내는 중이다. 계장은 전기 분야지만 일반 전기 쪽과는 다르게 전기신호를 잡는 분야다. 과장님 덕분에 이제 숙소에서도 인터넷이 가능하다. 너무 좋다.

우기가 다가와 비가 자주 내리지만 중간중간 비치는 따가운 햇살은 평소보다 더 강해서 반드시 선글라스를 써야 한다. 운전도 이제는 제법 익숙해졌다. 주로 포터를 끌고 산타페는 가끔 끌고 있는데 포터가 스틱이어서 운전이 지루하지 않다. 한국이었다면 신호등이 많아 불편하겠지만 이곳에는 신호등이 없어 기어를 자주 바꿀 필요가 없다.

저번 주에는 인스펙션이 계획되어 있어 미리 준비를 해놨

있는데 정부에서 인스펙션을 취소했다. 여기의 인스펙션은 사업을 점검하는 것보다는 돈을 받는 목적이 더 크기 때문에 형식적인 준비와 돈만 있으면 무난히 통과할 수 있다. 소문에는 정부 관계자들이 이미 돈을 받았기 때문에 인스펙션을 오지 않았다고 한다. 돈만 있으면 무엇이든 가능한 나라가 여기다.

어제는 처리장 야간 순찰을 위해 캠프 밖으로 나갔다가 근처 클럽에도 다녀왔는데 이곳 여자들은 나를 보고는 등을 돌리거나 대놓고 무시했다. 현대가 한창 공사 중일 때에는 클럽의 모든 여자들이 꼬였다고 하는데 공사가 끝나고 소수 인원만 남다 보니 그만큼 힘도 약해진 것 같다. 게다가 나는 음주가무를 즐기는 편이 아니어서 내가 먼저 다가가지도 않아 그냥 구경만 하고 왔다. 어쨌든 에비나용 클럽은 1층 창고 같은 곳에서 옹기종기 모여 춤추고 구석에 있는 소파에 앉아 술을 마시며 얘기하는 곳이었고, 형광등을 일부 켜놓아 한국처럼 어둡지는 않았다.

야간 경비를 위해 군인들이 새로 왔다. 보병은 후안(juan), 헌병은 페르난도(fernando)다. 후안은 처음에는 어딘가 어설프고 이상했지만 사실 재미있는 친구였다. 항상 살인 미소를 던지며 인사하고 근무도 잘 선다. 페르난도는 헌병답게 깔끔한 복장에 조용한 친구지만 오지 않는 날이 많았다.

저번 주부터 밤마다 인터넷으로 라디오 '윤하의 별이 빛나는 밤에'를 듣고 있다. 스페인에서 가끔씩 듣고는 했지만 챙겨 듣지는 않았다. 하지만 지금은 김 대리님 대신 사무를 보느라 밤늦게까지 사무실에 남아있어야 해서 전날 방송분을 다운로드 해 듣고 있다. 한국에서는 1분도 걸리지 않는 다운로드가 여기에서는 하루 온종일 걸려서 하나를 겨우 받고 있다. 게다가 중간중간 나오는 노래마저 모두 잘리기 때문에 굉장히 아쉽다.

4일 뒤는 추석이다. 하지만 일을 해야 한다. 여기 명절은 아니니깐… 그래도 바따에 가서 횟감을 사 오기로 했다. 해외에서 회를 먹다니… 기대된다.

추석

군대에서 보내는 명절과 해외현장에서 보내는 명절은 크게 다르지 않다. 조촐하게나마 차례를 지내고 동료들과 인사를 나누며 같이 음식을 먹는 게 다다. 유일하게 다른 점은 여기저기 흩어져있는 제각기 다른 회사 사람들이 한국인이라는 이유 하나만으로 한곳에 모여 웃고 떠드는 것이다. 우리는 수자원공사 사람들을 캠프로 초대해 바따에서 사 온 랍스터와 여러 해산물들을 회로도 먹고 요리해서도 먹으며 배부른 하루를 보냈다.

2013에비나용
O&M현장추석합동차례

하수처리장

한국의 하수처리장보다는 훨씬 작은 규모지만, 이곳의 처리장 또한 에비나용이라는 한 도시의 하수를 처리하기 위해 결코 부족하지 않은 규모로 지어졌다. 하수처리에는 여러 공법이 있지만, 현지 환경에 맞게 생물학적 처리를 하도록 세팅되었고, 언제나 깨끗한 상태를 유지하도록 많은 노력을 했다.

캠프에는 사무실과 숙소, 식당 등 일상적인 것들 위주로 있었다면, 하수처리장에는 사무실은 물론 모든 현황을 보고 제어할 수 있는 상황실과 발전실, 유류탱크, 포기조, 기계실, 슬러지실 등 다양한 시설들이 지어졌고 그 안에는 첨단 설비들까지 접목되어 있었다.

　도시 한편에 최신식으로 지어진 처리장은 에비나용 주민들의 최대 관심사였다. 주민들은 길을 걷다가도 처리장 내부가 궁금했는지 펜스^{Fence} 너머로 안을 둘러보기도 했고, 우리가 건물 밖으로 나오면 우리를 빤히 쳐다보기도 했다. 그리고 비록 아프리카지만 전자식 제어를 사용하지 말라는 법은 없으므로 이곳에도 한국의 첨단 기술이 적용되어 상황실 안에서 처리장의 모든 설비들은 물론 도시 전체에 설치된 펌프 스테이션들까지 제어할 수 있었다. 하지만 처리장 안팎으로 관리해야 할 설비가 워낙 많다 보니 일의 상당수는 현장에 직접 나가서 해야 하는 것들이었다.

적은 인원이 외부의 도움 없이 주어진 자원으로만 처리장을 운영하다 보니 나의 본 업무는 통역이었지만 유류탱크 관리와 지붕 보수 같은 간단한 것들부터 안정기 교체, 디젤발전기 관리, 전기 점검까지 분야 구분 없이 할 수 있는 것은 다 해야 했고, 기회가 있을 때마다 최대한 배워 내 기술로 만들어야 했다.

적도기니에서 나를 건설하다

재고관리

하수처리장 한구석에는 시공팀이 남기고 간 수많은 건설자재와 각종 부품, 그리고 운영을 위해 들여온 새로운 부품들까지 많은 것들이 중구난방으로 쌓여있었다. 그러다 보니 어떤 게 얼마나 있는지, 한국 본사에 얼마나 요청을 해야 하는지를 전혀 알 수 없었다.

그래서 어느 날 재고관리 담당자이기도 한 나의 주도로 철제 선반을 만드는 일이 시작됐다. 구석에 쌓여있던 앵글^{Angle}을 창고 길이에 맞게 자르고, 볼트를 하나씩 끼워 적당한 크기의 조립식 철제 선반을 완성했다. 당연히 나 혼자서는 아니고 에비나용 삼총사와 마르셀로가 도와줬다.

선반의 뼈대가 되는 앵글은 생각보다 무거운 데다가 그라인더^{Grinder}로 잘려 끝이 굉장히 날카로웠는데, 잡부인 앙헬은 장갑을 끼고 정작 운전기사인 마르셀로는 맨손으로 작업을 하는 모순적인 상황이 발생하기도 했다. 역시 족장 집안 출신은 손가락마저도 일반인들과는 다르게 아주 튼튼했다.

정리만 한다면 금방 끝날 일이었지만, 이왕 하는 거 뭐라도 공부한다는 생각으로 눈에 보이는 전기 부품들

을 하나씩 들어보며 MCCB$^{Molded \ Case \ Circuit \ Breaker}$가 뭔지, SPD$^{Surge \ Protective \ Device}$가 뭔지, 이건 뭐고 저건 뭔지 전기 기술자인 박 부장님에게 질문 세례를 던졌다. 박 부장님은 물어볼 때마다 귀찮다는 표정을 짓고는 했지만 사실 이틀 동안이나 세세하게 나를 가르쳐 주었다.

정리가 끝나고도 이해가 되지 않는 것들은 거북이처럼 느린 인터넷을 통해 작동 원리를 검색했다. 이때 전기 부품을 공부해둔 덕에 나중에 가로등을 고치거나 부품 요청을 할 때 조금이나마 아는 척을 할 수 있었고, 한국에 와서도 간단한 전기시공쯤은 거뜬히 해내게 되었다.

우기

열대의 우기는 한국의 장마보다 훨씬 강력하다. 서너 시간 간격으로 두 달 동안 폭우가 쏟아지는데 이때는 무조건 비를 피해야 한다. 밖에 나갔다가는 폭포수 같은 빗물에 휩쓸려 사고를 당할 수 있기 때문이다.

그런데 현장에 있다 보면 이렇게 무서운 우기가 고마울 때도 있다. 공사현장이었다면 공기가 연장되니 비가 야속할지 몰라도 우리는 그렇지 않았기에 우기에는 중간중간 쉬는 시간이 많이 생겼다. 엄청난 양의 비와 강렬한 햇볕을 반복해 맞아서 그런지 우기가 지나고 나면 평소 보이지 않던 큰 풀과 나무들이 여기저기서 솟아나 있는 것도 이곳에서만 볼 수 있는 광경이었다.

　두 달간의 우기가 끝나니 해야 할 일들이 산더미처럼 몰려왔다. 비가 오는 동안 하지 못했던 일들, 비가 왔기 때문에 해야 하는 일들이 한 번에 몰아치기 때문이다. 짧은 시간에 비가 워낙 많이 오다 보니 지붕 보수부터 시작해 여기저기 페인트가 떨어져 나간 곳을 다시 칠하고, 망가진 가로등을 고치고, 누수 지점을 보수하고, 특히 마을 곳곳에 있는 펌프 스테이션^{Pump Station}과 맨홀 ^{Manhole}부터 열어 물이 역류하는 상황을 막아야 했다.

도색

   초록색 나뭇잎과 빨간색 흙만 보이는 곳에 시멘트 구조물이 지어지면 처음에는 세련되고 깔끔해 보이지만 금세 색이 바래 오래 방치된 것처럼 보이기 일쑤였다. 게다가 많은 비와 뜨거운 햇살마저 쉬지 않고 맞다 보니 여기저기 녹이 슬고 벗겨지기까지 해서 우리는 구조물을 보호하고 미관도 좋게 하기 위해 도색 작업을 자주 해야만 했다.

   도색 작업은 단순하면서도 고전적인 방법이 가장 좋은 방법이었다. 저마다 붓과 페인트가 든 통을 들고 각자의 위치로 흩어져 점심 먹을 때까지 칠하고, 다시 돌아와 저녁 먹을 때까지 칠하기를 반복하다 보면 어느새 하루가 순식간에 저물어 버렸다. 이렇게 나는 1년이 넘는 시간 동안 여러 시설들의 경계석부터 벽까지 페인트가 벗겨진 곳이라면 어디든지 다시 칠하며 다녔다.

곤충

풀이 많으니 곤충도 많을 것이라고는 예상했지만 많고 적음을 떠나 이렇게나 큰 곤충이 존재하는지는 전혀 몰랐다. 적도기니에 도착해 제일 먼저 본 장수풍뎅이는 내 주먹만 해서 날개를 펴고 날아갈 때는 마치 새가 날아가는 것처럼 보일 정도였다. 장수풍뎅이뿐만이 아니었다. 나비와 나방도 날개를 펴면 내 손바닥보다 컸고 다른 것들도 한국 곤충과는 비교할 수 없을 만큼 거대했다. 하루는 엄지손가락보다 큰 말벌이 사무실에 들어와 큰 소리를 내며 날아다녔는데 생명에 위협을 느낄 만큼 무서워서 이리저리 도망을 다닌 적도 있었다.

이렇게 곤충들의 크기가 크다 보니 당연히 징그럽고

무서웠지만 오히려 커서 귀여운 것들도 있었다. 위협을 느끼면 웅크리는 콩벌레가 크기가 커지니 햄스터같이 귀여운 동물로 보였고, 큰 민달팽이가 기어가는 것도 시선을 끌 만했다.

적도기니에서 나를 건설하다

하수관로

하수가 흘러가는 관로와 그 관로를 들여다볼 수 있는 맨홀은 사람의 혈관처럼 땅속에서 아주 중요한 역할을 하고 있지만, 적도기니에 가기 전까지 나는 하수관로와 맨홀에 대해 관심을 가져 본 적이 없었다.

현지인들은 나보다도 더 하수에 대해 관심이 없었는지 더러운 물을 집 주변에 뿌리거나 하천으로 그냥 흘려보냈고, 이 때문에 여기저기서 수인성 질병이 끊이질 않았다. 이런 현상을 막기 위해 마을 구석구석까지 하수관로를 설치했지만 매번 곡괭이에 찍혀 구멍이 나거나 쓰레기에 흐름이 막혀 제 역할을 하지 못하는 일이 빈번했다.

관로를 뚫는 가장 좋은 방법은 맨홀에 들어가 청소하는 것이었지만, 이마저도 되지 않는 상황일 때는 어쩔 수 없이 땅을 파서 관을 드러내야만 했다. 어디선가 물이 역류한다는 신고가 들어올 때는 '제발 맨홀 청소로 끝나기를...'이라며 출동하길 수십수백 번이었다.

맨홀 청소는 사람 한 명이 겨우 들어갈 정도의 크기라 별다른 방법 없이 아주 고전적인 퍼내기 방법으로 진행됐다. 작업은 생각보다 쉬웠는데, 가끔 나오는 쓰레

기를 제외하고는 거의 다가 빗물에 쓸려 들어온 흙과 모래였기 때문이다.

맨홀 청소로도 해결되지 않을 때는 도면을 따라 다음 맨홀까지 땅을 파야 했고 거기서 마저도 해결이 되지 않는다면 그다음 맨홀까지 또 땅을 파야 했다. 이렇게 관을 따라 땅을 파다 보면 우거진 풀숲을 파야 하는 경우도 있었고 때로는 남의 집 안방을 파야 하는 경우도 있었다.

고양이

나는 고양이를 좋아하지 않았다. 어릴 때는 할머니가 고양이는 영물이라고 해서 두려워했고, 중학생 때는 고양이에게 얼굴을 긁혀 싫어하게 되었다. 이렇게 고양이와 거리를 두고 자란 내가 에비나용에서 만난 한 마리의 고양이 때문에 귀국 후 고양이 집사가 될 줄은 그때는 몰랐다.

어느 날 캠프에 배가 부른 고양이가 나타나더니 며칠 동안을 떠나지 않고 내 방 주변에서 서성였고, 그 모습을 지켜보던 나는 고양이가 배고파하는 것 같아 식당에서 계란 프라이, 햄, 고기, 치즈, 식빵 등 먹을 수 있는 것은 뭐든 가져와 앞에 놓아줘 봤다. 고양이를 키워본 적이 없으니 뭘 줘야 할지 몰라 이것저것 다 줬지만 배가 고팠는지 아니면 임신을 해서인지 가리지 않고 잘 먹었다.

이렇게 며칠이 흐른 뒤, 갑자기 방바닥에서 "야옹야옹" 소리가 들렸다. 나는 새끼가 태어났을지도 모른다는 생각에 설렘 반 긴장 반인 상태로 밖으로 나가 땅바닥

에 배를 대고 컨테이너 밑을 샅샅이 뒤졌다. 그늘진 컨테이너 밑 한쪽 구석에서 방금 태어난 듯한 귀여운 아기 고양이 두 마리가 어미의 품에 안겨 울고 있는 모습이 보였다. 너무나도 사랑스럽고 귀여웠다. 처음 보는 광경에 어쩔 줄 모르는 나와는 다르게 어미는 매우 침착하게 새끼들을 다뤘고, 내 방 밑에서 모두 건강하게 자라기 시작했다.

내가 어미의 모성애를 목격해서일까. 이때 만난 고양이들 덕분에 나는 한국에 와서 유기묘 두 마리를 입양해 키우기 시작했고, 길에서도 고양이를 만나면 그냥 지나치지 못하는 고양이 집사가 되어버렸다.

PLC 계장

공대생이 아니라면 낯설 수 있는 PLC^{Programmable} ^{Logic Controller}는 프로그램을 통해 설비를 제어하는 방식이다. 옛날에는 릴레이^{Relay}를 이용해 단순한 명령을 전달하는 방식이었지만 점차 설비의 기능이 복잡해지고 명령의 잦은 수정이 요구됨에 따라 반도체를 이용한 명령 프로그램으로 대체되었다.

적도기니에 있는 여러 상하수처리시설에서도 PLC는 중요한 역할을 하며 365일 쉬지 않고 설비들의 제어에 이용됐다. 펌프 스테이션마다 설치된 성인 크기의 패널^{Panel} 자체가 PLC라고 볼 수 있는데 이 안에 들어있는 무수히 많은 모듈과 장치들이 전기 신호를 주고받으며 하수 유입량 등의 정보를 하수처리장 상황판에 전달하고 이에 적절한 명령을 수신하는 역할을 했다. 간혹 낙뢰라도 맞으면 부품이 아무리 많이 들어가 있더라도 하나의 고장으로 인해 전체가 제 역할을 할 수 없는 민감한 장치이기도 해서 매일 마을을 돌며 점검해야 하는 주요 관리 대상 중 하나였다.

이 예민하고도 복잡한 PLC를 세팅하고 운영하는 일을 계기를 장비한다는 뜻의 계장^{Instrumentation}이라고 부르는데, 계장 담당 정 차장님과 최 과장님 역시 강전을 다루는 박 부장님과는 다르게 항상 가방에 노트북을 넣어 다니며 현장을 누볐다. 계장 전문가가 나와 함께 현장 있다는 것은 큰 행운이나 다름없었다. 인터넷이 고장 나도, 전자제품이 고장 나도 고치지 못하는 것이 없었다. 사실 사무실에서만 할 수 있었던 인터넷을 숙소까지 연결해 준 것도 바로 계장 최 과장님이었다.

수원지

적도기니에는 상하수도가 설치된 곳보다 설치되지 않은 곳이 더 많았고, 내가 속한 회사는 상하수도 사업을 잘하는 회사였다. 게다가 정부는 상하수도 보급을 늘리길 원했고, 우리 회사는 사업을 확장하고 싶었다. 수요가 있고 공급이 가능한 최적의 상황에서 회사가 할 일은 새로운 사업을 수주할 사업계획서 제출이었다.

12월 전후로 몽고모^{Mongomo} 현장에 출장을 가있던 나는 현대 본사에서 새로 온 토목 전문가 곽 대리님을 따라 상하수도가 없는 마을을 찾아다니며 어디에서 물을 끌어올지, 정수처리장과 하수처리장은 어디에 지을지를 조사하고 다녔다. 어느 한적한 마을에 도착한 우리는 밀림을 헤치고 들어가 큰 개울에서 목욕을 하는 엄마와 아이들을 만났다. 내가 다가가 생활용수와 식수를 어디에서 가져오냐고 물었더니, 목욕을 하고 있던 물을 가리키며 "이 물로 목욕도 하고 빨래도 하고 요리도 하며 마시기도 한다."라고 대답했다. 짐작은 했지만 직접 현장에서 보고 들으니 꽤나 충격이었다. '겉보기에 아무리 물이 깨끗해도 그렇지 21세기에 아직도 이런 곳이 있었다니' 끊임없이 발생하는 수인성 질병의 원인이 바로 이것이었던 것이다.

　충격을 뒤로하고 캠프로 돌아가는 차 안에서 곽 대리님은 토목공학을 전공한 전문가답게 눈으로만 보고도 높이와 거리를 계산해 처리시설을 어디에 지어야 좋을지 머릿속에 그렸다. 이후 낮에는 걸어 다니며 측량을 하고 밤에는 캐드로 도면 그리기를 반복하자 일주일도 안 되어 개략적인 도면이 완성되었다. 토목설계를 몰랐던 나는 큰 도움이 되지는 못했지만 이때 어깨너머로 배워둔 덕에 훗날 전산응용토목제도기능사 공부에 큰 도움이 되었다.

크리스마스

　적도기니에서의 크리스마스는 계절상 한여름 같지만 사실 적도보다는 아주 살짝 위에 있으니 겨울에 보내는 크리스마스라고 할 수 있다.

　해가 쨍쨍하고 뜨거웠던 그때의 12월에는 말라보와 바따 다음으로 큰 도시이자 가봉과 국경을 맞댄 몽고모에 출장을 가 있었는데, 큰 도시답게 시멘트 집이 많았고 나름대로 조경도 꽤나 해놓아 휴양지에 온 기분이었다. 시내를 구경할 겸 몽고모를 대표하는 거대한 대통령궁 근처로 나가자 지금까지 봤던 구멍가게들과는 확연히 다른 대형마트가 있었고, 그 안에는 크리스마스 분위기를 내기 위한 트리가 설치되어 있었다. 하지만 눈 하나 내리지 않는 이곳에서 빨간 털옷을 입은 흰 수염 산타에게서는 상당한 괴리감이 느껴졌다.

크리스마스 이브에는 한국에서와 같은 특별한 분위기를 내지는 못했지만 편한 사람들과 옹기종기 방에 모여 앉아 고스톱과 스타크래프트를 하면서 평소보다 조금 특별한 우리들의 밤을 보냈다.

적도기니 일기

2014년 2월 23일 일요일

오랜만에 일기를 쓴다. 그동안 아주 많은 일들이 있었다. 우선 4명의 후발대가 10월 27일에 들어왔다. 이로써 에비베베인 4명, 에비나롱 4명, 그리고 내가 포함된 순회 점검반 3명은 몽고모를 비롯해 세 현장을 돌아다닌다. 11월부터 쓰기 시작한 시설물 점검 보고서는 12월에 접어들자 완성이 되었다. 매일 야근을 했고 휴일도 없었다. 하지만, 아주 많은 것을 배웠다. 자잘한 부속부터 하수처리 설비와 공법까지 전반에 걸쳐 배울 수 있었다.

시설물 보고서가 끝나자마자 몽고모로 이동해서 12월을 그곳에서 보냈고 페이퍼 워크의 무덤답게 월간 보고서를 비롯해 이것저것 쓰고 왔다. 하지만 이 덕분에 CAD를 배웠다. 이제 도면들을 합쳐 관로와 전력케이블, 통신케이블 점검 구간을 보기 좋게

정리해 매달 보고서에 넣어야 한다. 그런데 내 컴퓨터는 윈도 8이라 호환성 문제로 오류가 상당히 나고 지금은 라이선스 오류로 켜지지도 않는다. 큰일 났다. CAD를 할 줄 아는 사람은 최 과장님뿐이고 다른 사람들의 컴퓨터는 CAD 조차 돌릴 사양이 되지 않는다. 아무튼 12월은 시설물 보고서를 끝내서 아주 잠깐 기뻤고 월간 보고서로 골머리를 앓았다. 물론 기성 내역서와 운영 보고서는 매달 쓰고 있다… 매일 쓰는 일일 작업 보고서는 이제 아무것도 아니다. 그동안 정말 지옥 같았다. 그러나 지옥 속에서의 기쁨은 그 가치가 더욱 컸다. 비교적 젊은 인텍 사람들과 게임도 하고 크리스마스와 12월 31일을 함께 보내며 그동안 어른들과 지내며 느꼈던 외로움이 많이 사라졌다.

1월을 맞아 다시 에비나퐁으로 복귀했고 교육 계획서와 교육 교재 작성이라는 페이퍼 워크가 또 생겼다. 이놈의 페이퍼 워크는 줄기는커녕 계속 늘고 있다. 다행히도 환경 전문가이며 페이퍼 워크를 아주 잘 하고 나보다 기술밖에 많지 않은 환경 김 과장님이 에비베인에서 에비나퐁으로 출장 왔다. 덕분에 교육에 관한 업무는 김 과장님이 대부분 전담하여 나는 보고서들에 집중할 수 있었다.

1월 24일, 6개월 만에 휴가를 떠났다. 1월 26일 저녁, 인천공항 출국장을 나올 때 엄마가 나를 알아보지 못했다. 그럴 기도 할 것이 내 피부가 많이 탔고, 머리도 상당히 길어서 마치 폐인 같았기 때문이다. 집에 있던 옷과 신발 등 내 물건들이 거의 다 없어졌거나 형태를 알아볼 수 없을 정도로 망가져 있었다. 아버지와 형 때문이다...

다음날 아침, 겨울이지만 신고 입을 것이 없어 슬리퍼에 반팔 차림으로 파주 롯데아울렛에 다녀왔다. 속옷부터 신발, 티셔츠, 점퍼까지 당장 신고 입어야 하는 것들을 사고 생전 처음으로 파마도 해봤다. 1박 2일로 정빈, 종화와 함께 스노보드를 타러 강원도에도 다녀왔다. 오랜만에 집에서 보낸 설은 오랜만이건 뭐건 예전처럼 파주 친구들을 만나 밤새 놀면서 보냈다. 연휴가 끝나자 독감에 걸려 꼬박 3일을 누워 있었다. 열이 40도에 육박해 응급실에도 가고 기침 때문에 죽는 줄 알았다.

풀려 살아난 나는 상명학원에 찾아가 공샘과 경샘을 뵈었다.

달콤한 2주간의 휴가를 마치며 스스로에 대한 보상으로 인천 공항 면세점에서 태그호이어 시계를 샀다. 한 학기 등록금과 맞먹는 금액이었지만 내 통장엔 그동안 받은 월급이 상당히 많이 쌓여있었다.

원래 해외 파견근무 기간이 2년이었는데, 생각이 바뀌어 6개월만 더 해서 1년을 채우고 이곳을 떠나기로 결정했다. 1년 경력과 함께 퇴직금을 받고 복학하기로 한 것이다.

국경

현지 생활과 업무가 이제 좀 익숙해질 무렵 에비나용을 떠나 몽고모를 거쳐 에비베인으로 이동했다. 지도에서 맨 오른쪽 맨 위 모서리에 위치한 에비베인^{Ebibeyin}은 적도기니와 가봉, 카메룬 세 나라가 만나는 국제도시로 국토 중앙에 위치한 에비나용과는 전혀 다른 새로운 분위기가 느껴졌다.

시내에 나가면 에비나용에서는 거의 듣지 못했던 프랑스어가 많이 들렸고, 시장에서 파는 것도 아나콘다부터 도마뱀, 원숭이, 이름 모를 큰 설치류까지 그동안 보지 못했던 신기한 것들이 아주 많이 보였다.

　우리나라를 비롯한 선진국 사람들이 보면 놀랄 일이
겠지만, 야생동물을 사냥해 장사를 하거나 요리를 해
먹는 것이 아프리카에서는 너무나 당연한 일상생활이다.
에비베인 시장에 내놓을 아나콘다를 목에 둘러 걸어가
거나 시장에서 구매한 동물들을 집어 들고 집으로 향하
는 모습을 쉽게 목격할 수 있었다.

　세계 각국의 국제도시가 그렇듯 에비베인에서도 언제
나 사건 사고가 끊이질 않았다. 내가 에비베인에 온 지
얼마 되지 않은 어느 날, 카메룬 국경에서 작업을 하던

중 운전기사 실베리오^{Silverio}가 수갑을 주워 빙빙 돌리면서 놀고 있길래 나는 "채워 봐~"하며 아무 생각 없이 내 손을 내밀었다. 그런데 이 녀석이 정말로 내 손목에 수갑을 채워버렸다. 열쇠는 당연히 없었고 당황하는 내 손에는 철컹철컹 소리가 나는 수갑이 매달려 있었다. 때마침 어찌할 줄 모르고 있는 우리를 향해 군인들이 다가오고 있었고, 놀란 우리는 일단 차에 타서 숨었다. 얼마나 시간이 흘렀을까. 실베리오가 친분이 있는 경찰을 데려왔지만 열쇠 구멍이 녹슬어 도통 열리지가 않았다. 이런 모습이 웃겼는지 주변에서 하나둘 구경꾼들이 모여들기 시작했다. 나를 범죄자로 생각하는 건지 아니면 우리가 장난을 치고 있는 것을 아는 건지는 모르겠지만 이때 내가 난생처음으로 차 본 진짜 수갑은 매우 차갑고 무겁게만 느껴졌다.

내 손에 단단히 잠겨있는 수갑을 풀기 위해 모두가 머리를 맞댔음에도 불구하고 모든 시도는 실패했고, 나는 결국 차량 뒷좌석 바닥에 웅크려 앉은 채 군인들의 눈을 피해 처리장으로 돌아올 수밖에 없었다. 에비나용 삼총사가 창고에서 꺼내온 펜치^{Pincers}와 톱으로 수갑을 자르려 시도했지만 씨알도 먹히지 않았고 가장 큰 철근 절단기로 수갑을 끊어버리고서야 마침내 이 사태를 끝낼 수 있었다.

말람바

적도기니에는 말람바^{Malamba}라는 우리나라의 막걸리와 같은 전통주가 있다. 사탕수수를 발효시켜 만든 술인데 개인이 집에서 만들어 페트병에 담아 팔 정도로 흔한 술이다. 오죽하면 집집마다 벽에 『말람바 있어요』^{Hay Malamba} 라고 적어놓기까지 했다. 말람바는 발효 상태에 따라 다르지만 일반적으로 막걸리보다는 달달한 반면에 도수는 더 높았다. 그리고 내가 먹어본 말람바는 가정집에서 만든 것이라 진한 호박 막걸리처럼 탁했지만 술집에서 파는 말람바는 비교적 투명하고 깔끔했다.

강남스타일

하수관로 점검을 위해 주택가를 돌던 중에 내 귓가에 아주 익숙한 노래가 들렸다. 싸이의 강남스타일이었다. 세계적으로 유명한 노래이기에 스페인에서도 들어봤지만 이곳 아프리카 적도기니에서 현지인들이 듣고 있을 것이라고는 생각조차 하지 못했다. 나는 발걸음을 돌려 노래가 들리는 곳으로 향했고, 그곳에는 아주 어려 보이는 아이들이 강남스타일 음악에 맞춰 춤을 추고 있었다. 너무나도 충격적이었다. 적도기니를 무시하는 것은 아니지만 인터넷과 TV가 일반 가정에는 보급되지 않을 만큼 세계화, 정보화와는 거리가 있어 보이는 곳에서 지구 반대편의 한국 노래를 들으며 춤을 추고 있었기 때문이다.

　나는 아이들에게 다가가 이 노래의 제목을 아냐고 물어봤다. 아무도 싸이와 강남스타일을 알지 못했지만 리듬에 맞춰 춤추고 들리는 가사를 따라 부르는 것만으로도 충분히 음악을 즐기고 있었다. 아이들이 궁금해하지는 않았겠지만 나는 이 노래가 한국 가수 싸이^{PSY}의 것이라고 알려줬다.

바나나

열대우림은 바나나의 고장이고 적도기니에도 바나나가 사방에 널려있다. 하지만 놀랍게도 이곳의 모든 바나나 풀에는 주인이 있다. 집 옆에 있는 것이야 그렇다 치더라도 길가나 숲 속에 있는 바나나 풀들이 모두 누군가의 소유이며, 함부로 훼손하면 처벌을 받고 보상도 해줘야 한다는 사실이 처음에는 믿기지 않았다. 게다가 바나나 풀 한 그루에서 1년에 한 번만 수확할 수 있고 수확 후에는 밑동만 남기고 베어버린다는 사실도 처음 알았다.

흔할 것 같은 바나나가 이렇게 귀한 대접을 받으니 현지인들이 우리에게 고마움의 표시를 할 때마다 바나

나를 준 것도 이해가 됐다. 주택가의 맨홀을 청소해 준 보답으로 주민들한테서 바나나를 몇 번 받아봤는데 여섯에서 일곱 송이가 달린 바나나 줄기를 통째로 줘 캠프 기둥에 걸어놓고 오랫동안 먹었었다. 익으면 그냥 먹어도 맛있었지만, 레드 바나나^{Plátano Rojo}라고 부르는 빨갛고 작은 바나나는 냉동고에 얼려 먹으면 달달한 아이스 바 기분을 낼 수 있어 더욱 맛있었다.

적도기니 일기

2014년 3월 9일 일요일

이틀 전부터 머리가 깨질 듯이 아팠다. 어제 게보린을 세 개나 먹었지만 밤새 머리가 아프고 열이 오르고 내리고를 반복했다. 그래서 오늘 아침 말라리아 키트로 검사를 해봤는데 양성반응이 나왔다. 하지만 키트가 너무 오래되어 긴가민가한 마음으로 중국인이 운영하는 개인병원에 가서 다시 검사를 받았다. 다행히 말라리아가 아닌 장티푸스였다. 하루면 치료가 된다고 하는데 여태껏 이렇게 독한 주사를 맞은 적은 없었다. 링거를 달고 아침부터 저녁까지 쉴 새 없이 많은 약물이 바늘을 통해 혈관으로 들어왔다. 나중에 보니 테이블을 가득 채울 만큼 빈 약물통들이 산더미처럼 쌓여있었다.

방금 내 이름의 올바른 뜻을 알았다. 조정 정에 길 도로 되어 있어 지금까지 길을 조정한다는 뜻으로 알고 있었는데 우연히 사전을 찾아보았더니 조정 정이 control이 아니라 court를 의미하는 것이었다. 즉, 왕이 있는 조정으로 향하는 길이나 나랏일을 한다는 뜻인 것 같다. 하지만 웃기게도 내가 어떻게 생각하느냐에 따라 삶의 방향이 결정되어 왔다. 지금까지 길을 조정한다는 뜻으로 알고 있던 나는 고등학교, 대학교, 군대, 교환학생, 그리고 적도기니 근무까지 모두 내가 스스로 결정해 왔다. 이름대로 살아보고자 남들의 말보다는 내 스스로가 길을 선택해왔고 모두 실패 없이 잘 되고 있다. 정말 생각하기 나름인 것 같다.

작년 이맘때 스페인에 있던 나는 공무원에 관심이 생겨 인터넷에서 관련 정보를 많이 찾아보았다. 한국에 돌아가서도 관심은 사라지지 않았다. 그때 마침 적도기니 근무 기회가 찾아왔고 갈등이 커졌다. 내가 정말 공무원을 하고 싶었다면 이런 기회가 오더라도 쉽게 거부했을 텐데 그러지 못한 것을 보니 전공과 이중전공을 살리는 쪽으로 아직 마음이 있나 보다 하고 적도기니에 온 것이다.

그런데 이제 공무원 쪽으로 다시 가려는 것인가… 아니다. 이름이 나에게 강요를 하는 것은 아니다. 하지만 내 이름이 나에게 든든한 조력자임은 분명하다. 지금까지 나는 인생이 걸린 쉽지 않은 결정을 내려야 할 때마다 '내 길은 내가 선택해야 하니까'라며 쉽게 결정을 내려왔다.

사실, 저번 휴가 전후로 현대의 인사발령 피바람을 지켜본 나는 공기업에 대해 좀 더 자세히 알아봤다. 수자원공사야 작년부터 가깝게 지냈기 때문에 이런저런 정보는 알고 있었지만, 다른 공기업들에 대해서는 아는 게 없었다. 지금 당장은 공기업 취업에 관심이 가지만 건설사에서 일하고 싶은 마음도 여전히 남아있기에 한국에 가면 목표를 정하고 준비를 해야겠다.

이름과 인생의 관계란… 참 신기하다. 그래서 작명을 신중하게 하고 미래를 위해 개명까지 하는 게 괜한 일이 아니라는 것을 알게 되었다.

제**4**장

나는
해외파견근로자다 II

교육교재

언제까지 한국인들이 적도기니에서 상하수처리시설을 대신 운영해 줄 수는 없다. 그들을 대신해 시설을 운영하면서 거액을 받아가는 한국 기업들에게는 당연히 좋은 일이지만, 적도기니 정부는 경제적으로나 교육적으로나 발전을 위해 자국민이 기술을 배우고 직접 운영하길 원했다.

이러한 이유로 정부는 우리에게 현지인들을 교육할 것을 요구했다. 그 첫 번째 단계로 교육에 필요한 교육교재 제작이 시작됐다. 그런데 담당자가 나다. 꽤나 쉽지 않은 업무가 주어졌다. 교재를 어떻게 구성할 것인가를 두고 나를 포함한 몽고모 직원들이 골똘히 아이디어를 쥐어짜 냈고, 기계, 전기, 토목, 환경 총 4개 파트로 나누어 일단 한국어본부터 만들고 스페인어본으로 번역하기로 결론이 났다.

나는 모니터 앞에 앉아 목차부터 써 내려갔다. 기초이론부터 작업도구 사용법, 설비 운영법 순으로 진도를 나가기로 결정했다. 그런데 기초이론이 만만치 않았다. 이곳의 교육 수준을 고려해 중·고등학교에서 배우는 것부터 시작을 했지만 운영을 이해하려면 대학교 전공자 수준까지 올라가야 했기 때문이다.

나름대로 나도 절반은 이공계이기에 초반에는 별문제 없이 잘 만들었지만, 실제로 현장에서 사용하는 장비와 공법, 시공 등은 전문가들의 도움을 받아야 했다. 다행히도 파트별로 전문가가 한 명 이상씩 현장에 있으니 궁금한 것들은 바로바로 물어보고 답을 얻어냈다. 환경파트는 젊고 유능한 김 과장님이 처음부터 끝까지 직접 작성해 줬고, 내 파트도 많이 도와줘 큰 짐을 덜어냈다.

2개월을 꼬박 고생해 만든 한국어본을 내가 직접 번역까지 하려고 했으나 양이 팔백 페이지에 달해 사실상 불가능했다. 내가 할 수 없는 일이라고 본사에 솔직히 말했다. 본사에서는 내게 추가 수당을 준다고 했지만 시간적으로나 양적으로나 내가 혼자 해낼 수 있는 일이 아니기에 전문 번역가에게 의뢰해야 한다고 강하게 주장했다. 사실 내가 알아본 바로는 한국에서 이런 전문 분야를 스페인어로 완벽히 번역해낼 수 있는 사람을 찾기란 쉽지 않아 보였다. 단순히 글자를 바꾸는 게 아니라 번역가도 과학적 원리를 이해하고 번역을 해야 하는 것이기에 난이도가 꽤나 높은 원고였다.

결국 본사에서는 적지 않은 비용을 지불하고 번역가에게 맡기기로 했다. 내게 주기로 한 수당보다 훨씬 많은 지출이 있었을 것이라 예상했지만 기한 내에 끝내려면 별다른 방법이 없었다.

한 달 정도 지났을 무렵 스페인어 번역본이 내게 도착했다. 나는 기대감에 읽어 내려갔지만 뭔가 이상했다. 문맥에 어울리지 않고 현장에서 사용하지 않는 단어들이 상당히 많이 눈에 띄었다. 읽으면 읽을수록 번역기를 돌린 듯 자연스럽지 않았고 이 번역에 대한 신뢰가 사라졌다. 완벽한 번역은 기대하지 않았지만 이렇게나 엉망으로 할 줄은 생각도 못 했다. 결국 내가 다시 마무리 작업을 하기로 했다. 그나마 단어만 바꾸면 되는 경우가 대부분이어서 한 달 안에 끝낼 수 있었다. 나도 완벽하다고는 할 수 없었지만 최소한 엉성한 티는 나지 않게 하려고 부단히 노력했다.

스페인어본까지 완성하고 며칠이 지났을까 양이 너무 많으니 요약본이 필요하다는 말이 들렸다. 내가 봐도 양이 많기는 했다. 투덜대기는 했으나 끝을 보고 말겠다는 집념으로 귀국 전 요약본까지 완성해 기계, 전기, 토목, 환경 교육교재를 한국어와 스페인어로 만드는 성과를 남겼다.

3. Instalaciones de Planta de Tratamiento de Aguas Residuales

1) Resumen de instalaciones por el proceso de unidad

(1) Desarenador

Se instala un desarenador para prevenir el daño de equipos debido a las gravas, las arenas, los vinilos, otros metales y etc., el cerrado de tubo y la conservación de eficiencia de proceso de tratamiento. El tipo de desarenador es el siguiente; desarenador de flujo horizontal, desarenador aireado de grano y grasa y desarenador especial. El desarenador más común es el de flujo horizontal. Hay que diseñar 0.3 m/sec sobre el caudal promedio, considerando el efecto de eliminación de arena y tratar arenas eliminadas en el desarenador rápido. En caso de instalación de secado de arena, la arena se entra en desarenador de nuevo si no presta la atención al método de secado de arena. El nivel de agua de desarenador es un factor importante en la operación de bomba, por lo tanto, presta la atención siempre, instalando un medidor de agua y hay que configurar el alarma en caso del alto u bajo nivel.

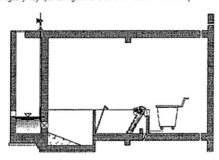

<Figura 2.8 Desarenador>

(2) Tanque de ecualización

Ajuste de flujo es fluir el flujo regular, reduciendo el cambio de caudal simplemente. A través de esto, soluciona el problema de operación en función del cambio de caudal, mejora el proceso posterior y reduce el tamaño y los costos de las instalaciones de tratamiento posterior. Las ventajas son como las siguientes;

① La carga de choque reduce o elimina y diluye las sustancias tóxicas. Además, la eficiencia de tratamiento biológico aumenta, es que pH es estable.

스페인어로 번역된 토목 교재

3. Teoría de circuitos

1) Circuitos monofásicos de corriente alterna

Normalmente, la electricidad usada en las casas residenciales son monofásicas de corriente alterna de del sistema monofásico de dos hilos y dependiendo del uso de la carga, tambien se usa sistema monofásico de tres hilos. Cuando un voltaje repite su ciclo de variación 50 veces en un segundo en relacion al tiempo y sobre una onda sinusoidalsu frecuencia y de 50 Hz.

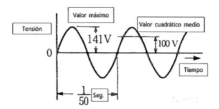

<Figura 1.27 Corriente Alterna Monofásica>

2) Circuitos monofásicos de corriente alterna

Es la potencia de un circuito de corriente alterna, es decir, la energia por tiempo de un circuito de corriente alterna. Su simbolo de unidad es W(vatio). Potencia aparente es VI. Su símbolo de unidad es VA(Voltio-Amperio). [factor de potencia] factor de potencia es cos θ. Cuando la potencia de un circuito de corriente alterna es P,

P=V·I cosθ [V : voltaje, I : corrriente, θ : diferencia de potencial entre V y I]

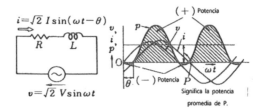

<Figura 1.28 Circuitos monofásicos de corriente alterna>

– 28 –

스페인어로 번역된 전기 교재

몽고메옌 국제공항

몽고모에서 시간을 보내던 어느 날, 적도기니에서 가장 영향력 있는 발주사 헤-쁘로옉또스$^{GE-Proyectos}$의 관계자로부터 근처에 짓고 있는 국제공항에 함께 다녀오자는 연락을 받았다. 자세한 이유는 몰랐으나 일단 회사 입장에서는 새로운 사업을 따낼 수 있는 좋은 기회일 수도 있었기에 바로 차에 올라타 출발했다.

몽고모 시내에서 약 50km를 달려 도착한 곳은 몽고메옌^{Mongomeyén}이라는 작은 시골 마을인데 국제공항이 만들어지고 있는 이른바 핫한 동네였다. 정글 사이로 깔린 포장도로를 따라 쭉 들어가니 작은 활주로와 함께 현대식 건물이 한 채 보이기 시작했다.

쌍용건설이 짓고 있던 몽고메옌 국제공항^{Aeropuerto} Internacional de Mongomeyén은 2010년 이후 한국 건설사가 아프리카에서 수주한 토건 프로젝트 중 최대 규모라는 타이틀이 붙은 곳이었다. 아직 공항이 완성되지는 않았지만 활주로에 놓인 소형 항공기들을 이용해 부분적으로나마 운영을 하고 있어 나름 공항의 면모를 갖추고 있었고, 주 이용객은 비즈니스로 다녀가는 외국인들이었다. 나중에 안 사실이지만 몽고메옌 국제공항은 2017년에야 준공이 되었다고 한다.

ⓒ 쌍용건설

구아마

화창한 어느 날 에비베인에서 여느 때와 같이 관로를 정비하고 있을 때였다. 항상 그렇듯 놀 거리를 찾아 주변을 서성이던 실베리오는 갑자기 우리에게 먹을 것이 생겼다며 소리쳤다. 그가 커다란 나무에서 힘들게 딴 무엇인가를 가져와 먹어보라고 우리 앞에 펼쳤는데, 놀랍게도 1미터가 넘는 거대한 콩깍지였다.

구아마Guama라고 부르는 이 거대한 콩은 중남미가 원산지인 콩과 식물로, 지역에 따라 빠까이Pacay, 아이스크림 빈Ice Cream Bean이라고도 불리며, 속에 들어있는 햄버거처럼 생긴 큰 콩은 먹지 않고 주변을 감싸는 하얀 내용물만 먹는다. 마치 솜사탕처럼 생긴 것이 맛도

달아 자연이 주는 솜사탕이라고 생각해도 된다. 구아마를 처음 먹은 날 친구들에게 자랑을 하려고 페이스북 ^Facebook에 사진을 올렸더니 남미 친구들이 이렇게 큰 것은 처음 본다며 도리어 나에게 맛이 어떤지 크기가 얼마나 큰지를 물어보기도 했다.

과메기

한국에 다녀온 천 부장님이 과메기를 사 왔다. 여럿이 먹기에는 많지 않은 양이었지만 과메기를 좋아하는 나에게는 맛을 볼 수 있는 것만으로도 기쁨 그 자체였다. 게다가 평소 중국인 주방장이 해 주는 밥만 먹다가 천 부장님이 끓여준 민물매운탕과 한국 반찬들까지 먹으니 이날은 입이 호강한 아주 행복한 날이었다.

여럿이 둘러앉아 먹을 수 있는 공간은 실험실 가운데에 놓인 테이블밖에 없어서 그 위에 올려져 있던 시약들을 구석에 밀어놓고 소중한 만찬을 즐겼다. 한국산 과메기와 소주, 적도기니산 생선과 채소, 말람바, 그리고 스페인산 주스까지 현지에서 구할 수 있는 것들은 최대한 구해 식탁 위로 올렸다.

이후에도 한국에서 가져온 한치회를 에비나용에서 먹은 적이 있었는데, 당연히 맛있었다. 지구 반대편에서 공수해온 것이니 신선함은 조금 떨어질지라도 뜨거운 내륙 한가운데에서 회를 먹는 기분은 이루 말할 수 없을 정도로 행복했다.

소떼와 목동

하루에 한 번 처리장 앞을 지나 동네를 한 바퀴 도는 소들은 갈비뼈가 보일 정도로 말랐지만 목동의 지휘 아래 길을 건너고 사람과 차를 피해 풀이 있는 곳으로 이동하는 모습이 꽤나 귀여웠다. 이런 소떼는 마을마다 한 무리씩은 꼭 있었는데, 사람을 위협한다든가 차로 달려든다든가 하는 위협적인 행동은 단 한 번도 본 적이 없었다.

환경쟁이

　수질담당인 환경 김 과장님의 휴가 기간 동안 내가 처리장의 수질을 관리하기로 했다. 대학교에서 이중전공으로 환경학을 공부하다가 오긴 했지만, 아직 뭘 할 만큼의 실력은 결코 아니었다. 하지만 이곳 적도기니에서 부족한 실력은 핑계가 될 수 없었다. 모르면 닥치는 대로 배우고 따라 해야만 하는 환경이었기 때문이다.

　교환학생으로 스페인에 가기 전 한 학기 동안 들었던 미생물 수업 이후로 2년 만에 실험복을 다시 입고 현미경 앞에 앉았다. 김 과장님이 실험실에서 하는 일들을 미리 동영상으로 찍어놓은 덕분에 큰 어려움은 없었지만 모든 과정이 어색하고 느리기만 했다.

서투르지만 정성을 다해서일까. 운이 좋게도 내가 수질을 관리하는 동안에는 하수처리의 기준인 탁도와 BOD^{Biochemical Oxygen Demand}, COD^{Chemical Oxygen Demand} 등이 정상 범위 안에서 머물렀고, 별다른 이슈 없이 2주를 무난하게 보낼 수 있었다. 처음이라 긴장되고 잘하지는 못했지만 이렇게 잠깐이나마 나는 환경쟁이가 되어 보기도 했다.

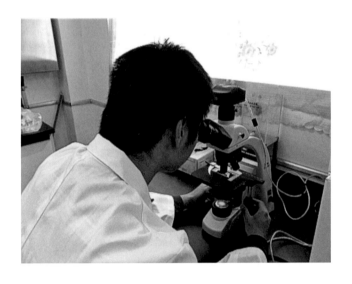

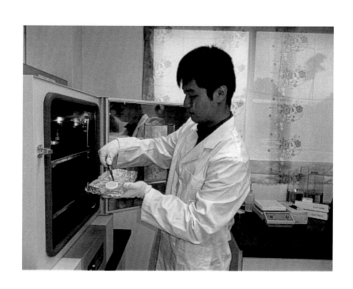

퇴근길

에비베인 하수처리장에서 캠프로 향하는 퇴근길은 언제나 아름답고 평온했다. 퇴근이어서 좋은 것도 있었겠지만 그 길에서만 볼 수 있었던 아름다운 노을은 지친 나를 달래주는 한줄기 빛이었다. 지금껏 살면서 수많은 노을을 봐왔지만 그때 봤던 그 노을은 너무나도 경이로워서 평생 동안 절대 잊을 수 없을 것 같다. 그도 그럴 것이 다큐멘터리에서나 보던 태초의 아름다움을 내가 직접 두 눈으로 보았으니 말이다.

에비베인 삼총사

에비베인에서는 일과 후 종종 캠프에 모여 삼총사를 중심으로 공을 차곤 했다. 모래와 돌멩이가 많아 그다지 썩 좋은 환경은 아니었지만 우리는 환경을 따질 여유가 없었다. 일단 공만 던져주면 안전화가 무겁든 바닥이 미끄럽든 국적과 나이 상관없이 모두가 즐겁게 뛰어놀기 바빴기 때문이다.

여느 때처럼 삼총사와 함께 신나게 공을 차던 중에 갑자기 출입구 쪽에서 경비원이 조심하라고 소리쳤다. 이유가 궁금해 다들 몰려가니 사람 다리는 가볍게 감을 만한 뱀이 기어 다니고 있던 것이었다. 하지만 이 뱀은 길을 잘못 들어온 것이 분명했다. 혈기왕성하고 성격

급한 에비베인 삼총사는 순식간에 달려들어 사정없이 삽으로 내려치고 발로 밟아 뱀의 숨통을 끊어버렸다. 그 모습이 너무나도 잔혹했기에 잠시나마 그 무서운 뱀이 불쌍해 보일 정도였다.

이후에도 처리장을 비롯한 야외 현장에서 몇 번이나 뱀을 더 만났었지만 그때마다 삼총사는 벌떼처럼 달려들어 뱀의 흔적만 남기고 사라졌다.

어학사전

적도기니에 갈 때 내 스페인어 실력은 결코 비즈니스 통역을 할 수준이 아니었다. 일상 대화만 간신히 할 수준이었으나 정말 운이 좋아 현장 통역사원으로 채용된 것이었다. 사실 적도기니에 도착해 한동안은 알아듣는 것보다 알아듣지 못하는 말이 더 많았다. 실력도 부족한데 현지 고유의 단어와 특유의 발음까지 더해 나를 힘들게 했기 때문이다.

그렇다고 힘든 티를 낼 수는 없었다. 나는 통역사원으로 채용되어 돈을 받고 있었기에 통역만큼은 잘해야 했고 나 스스로도 잘하고 싶었다. 그래서 실력을 기르기 위해 생각해낸 방법이 스페인어 사전을 통째로 외우는 것이었다. 단어부터 예문까지 사전에 적혀있는 모든 내용을 하루에 한 페이지씩 달달 외웠다. 모두 외우기 전에는 자정이 넘었더라도 절대 침대에 눕지 않았다. 간혹 다음날 현지 업체나 공무원들과 미팅이라도 있는 날에는 여러 경우의 수까지 고려해 예상되는 대화들을 모두 외워버리곤 했다. 힘이 많이 들었지만 피나는 노력은 결코 나를 배신하지 않았다. 조금씩 적도기니 스페인어가 들리기 시작했다.

펌프 스테이션

하수처리장으로 들어오는 하수는 도시 전체에 고루 분포한 수많은 펌프 스테이션들을 거쳐 왔다. 펌프 스테이션 내 펌프들은 열심히 하수를 쏘아주고, 환풍구는 가스를 배출하고, 피뢰침은 낙뢰를 맞아주며, 패널은 처리장에 상황을 알리고 명령에 따라 제어하는 기능을 했다. 이렇다 보니 많은 부품이 들어가 있고 그만큼 고장이 날 확률도 높아 점검을 자주 해야만 했다.

워낙에 점검을 자주 하다 보니 제초 작업과 펜스 정비 같은 간단한 일만 하던 나조차도 나중에는 숙달이 되어 펌프 같은 장비들도 만지고 패널 속 부품들도 다룰 줄 아는 수준까지 발전했다.

펌프 스테이션은 하수처리장까지 전력 케이블과 통신 케이블로 연결되어 있어 어떤 문제가 생기면 곧바로 처리장 내 상황실에서 경고가 울리게 되어 있었다. 비가 많이 내리거나 번개가 치면 한 곳 이상에서는 반드시 문제가 생겼는데, 현장에 가보면 거의가 낙뢰로 인한 부품 소손이었다. 서지^{Surge}로부터 기기를 보호해 주는 SPD$^{Surge\ Protection\ Device}$가 설치되어 있었지만 워낙 강한 낙뢰를 연속해서 맞다 보니 결국 견디지 못하고 다른 부품들까지 불타는 경우가 잦았다.

도마뱀

    열대지방에서 도마뱀은 흔하디흔하다지만 이렇게까지 흔할 줄은 몰랐다. 한국에서는 동물원에나 가야 도마뱀을 볼 수 있었는데 여기에서는 옷장과 신발은 물론이고 심지어 자고 있는 내 몸 위를 기어가기도 했다.

    도마뱀은 일광욕을 좋아해서 주로 낮에 마주쳤는데, 오전 일을 끝내고 숙소에 돌아오면 담벼락에 다닥다닥 붙어 있다가 사람 발소리에 놀라 제각기 도망가는 모습을 자주 볼 수 있었다. 하루는 도마뱀을 잡아보려고 꼬리를 움켜잡았는데 눈 깜짝할 사이에 칼로 자른 것 마냥 꼬리를 깔끔하게 끊어버리고 도망쳤다. 도마뱀이 아무렇지 않은 듯 너무 유유히 사라져서 손에서 꿈틀거리는 꼬리가 민망할 정도였다.

딱딱하지 않고 물렁한 도마뱀 알은 서늘한 곳에서 자주 발견되었는데 주로 펌프 스테이션 패널 밑에 모여 있었다. 처음에는 이게 알인 줄 모르고 손가락으로 눌러 터트려보았다가 미처 부화할 준비를 하지 못한 새끼 도마뱀이 나 때문에 죽는 모습을 보고야 말았다. 내가 한 생명을 죽였다는 죄책감에 그 뒤로는 도마뱀 알이 보일 때마다 발에 밟히지 않게 조심히 피해 가거나 내 뒷사람들이 밟지 못하도록 일부러 돌아가기도 했다.

자급자족

    내 방 옆이자 식당 앞 자투리 공간에 텃밭을 만들어 상추, 고추, 깻잎을 심는 것으로 자급자족을 시작했다. 원래는 토요일 저녁마다 열리는 고기파티 때 먹으려고 조금만 심었었는데, 하수처리장에서 생긴 슬러지를 가져다가 거름으로 주었더니 자라는 속도가 상상을 초월해 거의 격일 간격으로 뜯어 먹어야 할 만큼 수확량이 늘어났다.

    이렇게 캠프 텃밭이 성공적으로 완성되자 우리는 조금 더 욕심을 내서 처리장 뒤편에도 파인애플과 토마토를 심기로 했다. '왜 토마토냐고?' 처리장 안에 있는 맨홀을 준설한 적이 있었는데, 이때 퍼 올린 모래 속에서 토마토가 자라났기 때문이다. 아무도 보살펴주지 않았음에도 생각보다 잘 자라서 우리가 만든 텃밭으로 옮겨심었고, 파인애플은 조 이사님이 키워보고 싶다고 해서 작은 아이들로 사다 심었다.

모든 것을 녹일 듯이 언제나 머리 위에 떠있는 태양, 수시로 쏟아지는 비, 사방에 깔린 흙이 있는 이곳에서 식물들은 자신들의 의지와는 상관없이 무럭무럭 자라날 수밖에 없었다.

하늘

현장에서 일을 하다 보면 땀도 나고 벌레에 물리기도 하면서 힘이 들 때가 많았지만 그때마다 위로를 해주는 것이 있었다. 바로 하늘이었다. 왜 가수 서영은이 힘이 들 때는 하늘을 보라는지 이때 깨달았다. 고개를 뒤로 젖히고 맑은 하늘을 올려다보면 모든 스트레스는 사라지고 머릿속이 평온해지는 순간이 바로 이때였다.

2014년 3월 23일 일요일

월요일에 은행에서 8,910,000 세파스(한화 약 2천만 원)를 출금했다. 송금 기간을 2주로 예상했는데 금요일에 한국에서 부쳐 월요일에 찾았다. 예상보다 빨리 송금이 되었다. 10,000 세파스 짜리 지폐로 891 장을 가방에 담아 은행을 나오는데 굉장히 조심스럽고 긴장됐다. 누가 빼앗아갈지 군인이나 경찰이 시비를 걸어 벌금으로 뜯어갈지 돈은 맞게 세어서 주는 건지… 여기에서는 아무도 믿어서는 안 된다.

적도기니 정부는 역시나 이상하다. 비자 담당자가 아파서 비자 발급 서명을 못한다고 3개월이 넘게 업무가 마비되었다. 대리인이라도 세우든가 해야 할 것이 아닌가. 거주비자가 없어 이동이 자유롭지 못한 것은 둘째 치고 출입국비자 업무도 마비되어 휴가자들이 밀려있다. 그런데 그저께 연락이 왔다. 우리는 6개월

짜리 비자를 원했는데 일방적으로 3개월짜리만 해주고 잔금은 반환이 안 되니 나중에 또 신청할 때 이걸 사용한다고 한다. 통보도 없이 자기들 마음대로 해놓고 돈도 돌려주지 않는다. 그렇다고 나중에라도 돈을 돌려줄지는 장담할 수 없다. 이런 일을 겪을 때마다 이 나라 일처리에 대해 믿음이 안 간다. 하지만 가끔은 이렇게 막무가내라서 좋을 때도 있으니 적당히 만족하며 지내야겠다.

적도기니에서 나를 건설하다

마음가짐

    내가 적도기니에서 일하면서 크게 달라진 점을 하나만 꼽으라면 바로 마음가짐이다. 나는 어려서부터 다혈질이어서 일이 꼬이거나 마음대로 되지 않으면 실컷 화를 냈었다. 욕도 하고 소리도 지르고 물건을 집어던지기도 했다. 하지만 그때의 나는 적도기니에 가기 전의 나였다. 해외 현장에서 아버지뻘 되는 사람들과 함께 지내다 보니 그럴 수도 없었겠거니와 그들이 살아온 이야기들을 들으며 깨달은 점도 있었기 때문이다.

    나를 적도기니에 데려간 조 이사님은 현장 경험이 풍부하고 굉장히 진취적인 분이었는데, 젊은 시절에는 옛날 대부분의 한국 사람들이 그랬듯이 성격이 급하고 화도 많이 냈었다고 한다. 하지만 어느 날 무슨 사건 때문인지는 모르겠으나 문제가 발생했을 때 화를 내는 것이 능사가 아니라는 것을 깨닫고는 그때부터 태도를 바꿨다고 한다. 그리고 나에게도 "화를 낼 기운이 있으면 그 시간에 이성적으로 해결 방법을 찾아 봐라"라고 조언을 해줬는데, 이 말이 정확히 뇌리에 박히면서 그동안 쉽게 화를 내며 살아왔던 내가 부끄러워지는 순간이었다. 이사님의 말에 나도 스스로를 반성하고 화내는 습관을 고치기로 결심했고, 이후 어떤 문제가 발생하면 무작정 화를 내기보다는 침착하고 이성적으로 해결 방법을 찾기 위해 노력했다.

포기조 산기관

현대엔지니어링이 적도기니에 시공한 하수처리장들에는 연속 회분식 반응조[SBR:Sequencing Batch Reactor] 공법이라는 생물학적 처리공정이 적용됐다. 이 공법에서의 핵심은 유기물을 분해하는 호기성 미생물인데, 이들이 얼마나 잘 배양되느냐에 따라 하수처리의 성패가 갈린다는 말이기도 하다.

미생물이 증식하는 포기조[Aeration Tank] 바닥에는 강한 수압을 견디며 미생물에 산소를 공급하는 산기관이 설치되어 있었는데 언제부터인가 산소 공급에 문제가 생겼고 산기관이 조금씩 아래로 처지고 있는 것을 발견했다.

우리는 처리장 운영이 중단되지 않도록 당장 보수작

업을 시작했다. 먼저 포기조에 설치된 배수펌프로 물을 빼낸 다음 바닥부터 청소했다. 가득 차 있던 물이 빠지고 바닥이 보일 무렵 리베라또와 에우헤니오가 사다리를 타고 내려가 준설을 했고 크레인 카고 트럭^{Crane Cargo Truck}을 이용해 토사물을 건져 올렸다. 이후 사방에 물을 뿌려 닦고 퍼내기를 얼마나 반복했을까. 산기관의 구멍이 보일 만큼 포기조 바닥이 깨끗해졌다.

같은 시각 포기조 밖에서는 에비베인에서 지원 온 용접 마스터 박 차장님의 주도로 산기관 지지대가 만들어지고 있었다. 창고에서 쓸 만한 쇠파이프를 모두 꺼내 길이에 맞게 자른 다음 옆으로 넘겨주면 박 차장님이 용접으로 지지대의 몸통과 다리를 이어 붙였다. 얼핏 보기에는 단순해 보일 수 있는 이 용접 작업은 사실 매우 위험하고 실수가 용납되지 않는 고된 일이었다.

모두가 달라붙어 하루 종일 노력한 덕에 제법 튼튼하게 완성된 지지대는 조심히 포기조 안으로 옮겨졌고, 수평이 맞는지 흔들림은 없는지 일일이 확인한 후에야 포기조를 재가동하면서 길었던 하루를 마침내 마무리할 수 있었다.

적도기니 일기

2014년 4월 13일 일요일

4월에는 일이 정말 많다. 보건부에서는 홍역 예방 캠페인 명목으로 200,000 세파스(44만 원)를, 노동부에서는 근로자의 날 행사 명목으로 500,000 세파스(110만 원)를 요구했고, 도지사는 외국 기업들이 월 2회씩 시내를 청소해 주는 것까지 요구했다. 그리고 25일, 26일에는 적도기니 민주당(PDGE) 사무총장 방문 행사로 이틀간 차량과 운전기사를 차출해 가기로 했다. 그저께는 갑자기 에너지산업광산부에서 시찰을 나왔다. 우리 소유의 발전기 개수와 제원을 노트에 적은 뒤, 시찰이 모두 끝났다며 경비 명목으로 600,000 세파스(132만 원)를 요구했으나 바따에 있는 통합사무소의 말과 시찰단의 말이 서로 달라 돈을 주지 않고 돌려보냈다. 적도기니에서 외국 기업은 한 마디로 봉이다. 정부의 말을 듣지 않으면 불이익을 감수해야 하니 어쩔 수 없이 그들이 시키는 대로 해야 한다.

에비나폿 도지사 주관 건설사 소장단 회의에는 내가 속한 현대엔지니어링과 이름을 알 수 없는 북한 기업, ABC라는 중국 기업, 그리고 브라질 기업 ARG와 포르투갈 기업 ZAGOPE가 모였다. ARG와 ZAGOPE는 통역사 없이 한 명씩만 왔다. 그들은 스페인어를 유창하게 했기 때문에 통역사를 데려올 필요가 없었다. 북한 기업에서 온 두 명은 왼쪽 가슴에 김일성과 김정일 얼굴이 들어간 배지를 단 채 말 한마디 하지 않고 도지사가 하는 말을 수첩에 적기만 했다. 아마도 스페인어를 할 줄 아는 것 같았다. 중국 기업은 통역사로 현지인을 데려 왔다. 중국어를 하는지는 모르겠지만, 일단 도지사의 말을 확실히 다 이해하는 것 같았다. 마지막으로 현대에서는 내가 통역사로 갔다. 도지사 말을 듣기도 바쁜데 틈틈이 통역도 해야 했다. 우리도 소장이 스페인어를 할 줄 안다면 통역을 거치지 않고 바로 자신의 의견을 표현할 수 있을 텐데… 정말로 아쉽다.

적도기니에서 나를 건설하다

한국에서 온 선물

내가 한국을 떠나고 얼마 지나지 않았을 무렵, 본사에서는 간식을 보낼 테니 내게 먹고 싶은 것을 말하라고 한 적이 있었다. 그래서 물보다 소중한 소주, 일요일 점심마다 먹어야 하는 라면, 이런저런 과자와 통조림, 모기향, 상비약 등등 생각 없이 입에서 나오는 대로 말했다. 물론 동료들의 희망 물품도 조사했다. 붕어빵이 먹고 싶으니 붕어빵 과자, 그냥 라면 말고 매운 라면, 심심한 입을 달래줄 마른안주까지 원하는 것들은 모두 전달했다.

그 뒤로 3개월이 좀 지났을까. 곧 화물이 도착한다고 연락이 왔다. 그 화물이 저번에 보낸다던 간식이라면 생각보다 빨리 도착하는 편이었다. 보통은 최소 3개월이 걸리고 가끔은 더 걸리기도 했는데 이번 화물은 아무 방해 없이 잘 오는 거라고 짐작할 수 있었다.

컨테이너를 실은 트레일러가 캠프 마당에 들어서자 오랜 기간 사용하지 않아 흙먼지가 쌓인 백호우^{back hoe: 굴삭기}가 컨테이너 속 무거운 나무상자들을 끌어냈다. 간식치고는 좀 많이 오는가 싶었는데 역시나 열어보니 간식보다는 자재가 더 많이 실려 있었다.

한국에서 온 간식들은 3개월 동안 바다 위에서 뜨겁게 달아오른 컨테이너 속에 있었으니 상태가 온전하지 않은 것들도 있었고, 유통기한이 지났거나 지나기 직전인 것들도 있었다. 하지만 백령도에서 1년이 지난 라면도 맛있게 먹었었는데 한두 달쯤은 양호한 편이었다. 나는 유통기한이 얼마나 지났건 상관하지 않고 음식에 곰팡이만 없으면 정상이라는 생각으로 간식을 꺼내 그 누구보다 맛있게 먹었다.

안전

과거에는 어땠는지 몰라도 지금은 어느 산업 현장에서든지 안전을 최우선으로 한다. 그리고 안전 앞에 국적과 나이, 직위는 절대 고려 대상이 될 수 없다. 적도기니 현장들에서는 매일 아침 8시가 되면 모든 근로자들이 사무실 앞에 모여 체조를 해야 했는데 한국 사람들이야 어릴 적부터 해온 국민체조로 단련이 되어 있어 익숙했지만 아침체조가 낯선 현지 근로자들은 주변을 힐끔힐끔 쳐다보며 눈치껏 따라 하곤 했다.

정수처리장

에비나용에서 차로 한 시간 거리에 있는 작은 마을 아꼬니베^Aconibe에는 이탈리아 수처리 회사가 자신들이 지은 정수장을 직접 운영하고 있었다. 그런데 어떤 이유 때문인지 그들이 운영을 포기하고 자국으로 돌아가는 바람에 정수장은 가동을 멈췄고, 주민들은 예전처럼 다시 물을 길으러 먼 물가로 향하게 되었다.

이에 정부는 수처리 사업을 하고 있는 우리에게 도움을 요청했고, 우리는 흔쾌히 수락했다. 겉보기에는 단순히 작은 정수장을 운영해 주는 것 같았지만 사실은 아꼬니베 건을 기회로 정부와 주민들에게 우리의 수처리 능력을 보여주고 나아가 또 다른 사업을 따내려는 의도가 숨어있었다.

나는 환경 김 과장님과 함께 정수장 정상화라는 임무를 띠고 먼 길을 떠났다. 캠프에서 아꼬니베 정수장까지의 거리는 약 60km로 매일 왕복 세 시간 이상을 차로 달려야 했지만 중기 공장장님이 토요타의 픽업트럭 하이럭스^{Hilux}를 미리 개조해 준 덕분에 별 탈 없이 잘 타고 다닐 수 있었다. 도착하자마자 수도전과 관로를 따라 한 바퀴 돌아 본 이 외딴 마을에 외국인이라고는 잡화점을 운영하는 중국인 가족 하나뿐이었고, 시내도 넓지 않아 금방 둘러볼 만한 크기였다.

정수장의 외관은 흡사 사일로^{Silo}를 연상케 할 만큼 전혀 꾸며지지 않았고 내부에는 아날로그 설비들이 가동을 멈춘 채 조용히 있었다. 운영 매뉴얼도 없고 어디가 고장이 났는지도 알 수 없어 일단 짐작되는 공정 순서대로 설비들을 가동했다. 그나마 다행히도 설비마다 작게나마 이탈리아어로 몇 줄이라도 쓰여 있어 스페인어로 의미를 유추해가며 조작할 수 있었다. 어렵사리 전력을 공급하자 설비들은 각자 굉음을 내며 움직였고, 여기저기 심하게 요동치기 시작했다.

설비들을 하나씩 점검해 본 결과, 수일 내 정상 가동하기에는 힘들다고 판단하여 일단 청소와 수리에 집중하기로 했다. 먼저 정수필터 속 모래를 꺼내 이물질을 제거하고 다른 설비들도 구석구석 닦아냈다. 몇 개의 부품을 교체하고 다시 가동하자 이번에는 pH와 잔류염소가 말썽이었다. 기존에 사용하던 바로미터Barometer가 있었다면 쉬웠겠으나 당연히 모든 자료는 사라졌고, 우리는 모든 것을 처음부터 시작한다는 마음으로 수질을 잡아나갔다.

설비의 큰 소리 때문에 정수장이 가동되는 것을 알았는지 지역 공무원과 주민들이 하나둘씩 방문했다. 이들은 그동안 쌓였던 불만들을 토로하며 하루빨리 물을 공급해달라고 애원했다. 그들의 간절한 마음이 온몸으로 느껴졌지만 우리가 당장 그들에게 해줄 수 있는 것은 정수장을 고칠 때까지 기다리라는 말뿐이었다.

며칠 뒤, 예상했던 기간보다 수질이 빨리 잡히자 우리는 드디어 밖으로 나갈 여유가 생겼다. 우선은 아꼬니베 시장이 찾아와 하소연했던 물 부족 문제부터 해결하기로 했다. 급한 대로 에비나용에서 정수된 물을 버큠로리Vacuum Lorry에 가득 채워 와 집집마다 돌며 필요한 만큼 나눠줬고, 정수장 근처 공용 수도전에도 물을 공급했다. 한편 개인 수도전은 우리의 업무 영역이 아니었기에 직접 고쳐줄 수는 없었고, 대신에 스스로 고칠 수 있는 방법을 알려줌으로써 수도전 문제를 마무리 지었다.

적도기니에서 나를 건설하다

헌병대장

에비나용에서 아꼬니베까지 매일 왕복 3시간을 출퇴근하면서 군인들의 검문을 당하지 않은 날이 없었다. 시청에도 여러 차례 불만을 제기했으나 날이 갈수록 검문은 더욱 심해져만 갔다. 그래서 참다 참다 폭발한 나는 이 녀석들은 혼내주기로 결심했다. 수소문을 통해 정수장에서 그리 멀지 않은 곳에 현병대장의 집이 있다는 정보를 입수했고, 그 주 일요일에 약간의 뇌물 같은 선물을 챙겨 그의 집으로 찾아갔다.

헌병대장의 집답게 조경이 된 마당 뒤로 콘크리트 집이 보였고 그 안에는 하우스키퍼들이 있었다. 집 앞에 서있는 경비원에게 내 소속과 이름을 밝히고 헌병대장을 만나러 왔다고 했으나 외출 중이니 다음에 다시 오라는 답이 돌아왔다. 하지만 나는 돌아갈 생각이 없었다. 기필코 오늘 담판을 짓고 말겠다는 각오였다. 나는 헌병대장이 돌아올 때까지 마당에서 기다리는 동안 미리 점수를 따놓고자 그의 자녀로 보이는 아이들에게 먼저 다가가 인사했다. 아이들은 동양인인 내가 신기했는지 장난을 치고는 도망 다녔다. 아이들과 잡고 도망치기 놀이를 얼마나 했을까. 드디어 귀가한 헌병대장이 나를 거실로 불렀다.

나보다 조금 큰 체격의 헌병대장은 내게 먼저 손을 내밀며 악수를 청했고, 인사를 나눈 뒤 거실 소파에 앉아 대화를 시작했다. 군인의 힘이 강한 이곳에서 나는 최대한 예의를 갖출 수밖에 없었고 이런저런 입에 발린 소리와 함께 가방에 담아온 작은 선물을 꺼냈다. 비공식 만남이기도 했고 현지 돈이 많지 않았던 나였기에 캠프에서 가져온 한국산 인삼차와 녹차 한 상자씩이 전부였지만 적도기니에서는 절대 구할 수 없는 특별한 차라고 한껏 포장을 했다.

선물을 건네면서 내가 적도기니에서 무슨 일을 하고 있는지를 설명했고, 수처리에 대한 이야기를 꺼내자 헌병대장은 아꼬니베를 포함한 적도기니 전역이 물 문제로 고통받고 있다는 사실에 크게 공감했다. 그러고는 나를 포함한 한국인들을 격려하면서 자신이 도와줄 일이 있는지 내게 먼저 물었다. 나는 이 때다 싶어 얼른 검문소 얘기를 꺼냈다. 군인들이 이렇게 나를 계속 방해하면 정수장에서 손 떼고 다시는 아꼬니베에 오지 않겠다고까지 말했다. 그러나 이런 내 당돌한 엄포를 들었음에도 그는 평정심을 유지하며 차분한 목소리로 "이제부터는 걱정하지 말고 지금처럼 마을을 위해 도와 달라"라고 내게 말하면서 즉시 어디론가 전화했다. 짧은 통화가 끝나자 모든 게 해결됐다면서 함께 있던 자신의 부하들에게 차가 있는 곳까지 나를 배웅하라고 지시했다. 현지인들의 말을 잘 믿지 않는 나였지만 그의 태도가 워낙 진중했기에 이번에는 한 번 믿어보기로 했다.

다음날 아침, 도로에 있던 간이 검문소들이 사라지고 정식 검문소에 있던 헌병들도 모두 교체된 사실을 확인했다. 놀라웠다. 이곳에 반 년 넘게 있으면서 이렇게나 빠르고 확실한 일처리는 처음 봤다. 아무튼 이 이후로 검문이 아주 간단해졌고 간혹 시비를 거는 놈들이 있으면 헌병대장에게 전화해 즉시 교체했다.

적도기니에서 나를 건설하다

적도기니 일기

2014년 5월 25일 일요일

요즘에는 에비베인에서 편안하게 있다. 지난 일요일부터 시작된 감사로 에비베인을 제외한 적도기니의 모든 현장들이 바쁘다. 그래서 지난 주말에는 에비나용으로 돌아가 이틀 밤을 새우며 에비나용과 산호세의 감사 자료를 준비했다. 그리고 지금은 에비베인으로 돌아와 쉬고 있다. 이곳은 오랜 기간 공사가 없었기 때문에 감사를 받을 가능성이 매우 적다. 하지만, 내일 다시 에비나용으로 돌아가야 한다. 아직 감사가 끝나지 않았기에 돌아가는 것이 반갑지만은 않다.

현지 에이전트를 통해 구입한 펌프들은 아직 소식이 없다. 에이전트는 영수증을 보내준다고 해놓고 일주일째 연락 두절이다. 애초에 컴퓨터와 인터넷을 제대로 다루지 못하는 현지인을 통해 이탈리아에서 구입한다는 것 자체가 무리였다. 정말 스트레스

받는다. 약 3천만 원의 돈이 고작 한 명의 손에 놀아나고 있다니···

　요즘에는 차에 관심이 많다. 이곳에서 학생치고는 돈을 많이 벌어서 대학교 졸업할 때까지의 생활비를 빼더라도 여전히 돈이 남을 것 같아 차를 사기로 결정했다. 처음에는 현대 쏘나타와 쉐보레 말리부에서 고민했고, 토요타 프리우스와 폭스바겐 골프에서 고민하다가 이제는 렉서스 CT200h를 보고 있다. 무한도전에서 유재석이 타고 레이싱을 하던 현대 벨로스터 터보도 예뻐 보인다. 대학생이니 국산차를 타야 할 것 같기도 하다. 아직 시간이 있으니 생각을 더 해봐야겠다.

　아버지의 명예퇴직 소식을 들었다. 사실 짐작은 하고 있었다. 시기상으로나 부모님의 행동으로나 눈치껏 알 수 있었다. 그러나 걱정은 전혀 하지 않는다. 시작이 있으면 끝이 있는 법이고, 아버지는 거의 30년 가까이를 한 회사에 다니면서 가족을 위해 희생했다. 이제 편히 쉬면서 하고 싶은 일을 하면 된다. 돌이켜보면 아버지에게 전부였던 KT도 많이 변했다. 전국에 유선

전화를 놓은 한국전기통신공사와 한국통신을 거쳐 무선전화와 유선 인터넷의 KTF와 KT, 그리고 무선인터넷의 민영화된 KT까지 아버지의 삶은 대한민국 통신의 역사와 함께 했다. 하지만 이제는 아버지 같은 유선 시대의 인력보다는 무선 시대의 새로운 인력이 필요한 때가 온 것이다.

집이 상당히 많이 변하고 있다. 외양간이 없어지고 그 자리에 주차장과 창고가 생기고 집 앞에는 화단이 놓였다. 3개월 뒤에 내가 돌아가면 집과 내가 서로를 낯설어하지 않을까 싶다.

적도기니에서 나를 건설하다

전력·통신케이블

　내가 속한 유지관리팀이 오기 전, 시공팀은 시내 곳곳에 설치된 펌프 스테이션들을 상황실에서 모니터링할 수 있도록 전력케이블과 통신케이블을 땅에 묻어 연결했다. 그러나 이후 급격한 국토개발로 땅이 파이거나 도로가 깔리게 되면서 케이블이 끊기는 사고가 빈번하게 발생하기 시작했다. 낙뢰가 치지 않았는데 상황실에서 펌프 스테이션 신호가 꺼진다면 "아, 누가 또 곡괭이로 찍었구나!"라는 말이 자동반사로 나올 정도였다.

　전력이든 통신이든 케이블 복구는 토목과 전기 담당자들만으로 하기에는 벅찬 일이었기에 하루 날을 잡고 모든 인력이 달라붙어야 했다. 그러나 하루 안에 끝나는 경우는 거의 없었다. 장비를 쓰면 수월했겠으나 케이블이 묻힌 구간 대부분은 중장비가 진입하기 어려운 환경이어서 단선으로 예상되는 지점을 곡괭이와 삽으로 열심히 파내려 가야만 했다. 간혹 엉뚱한 곳을 파서 일을 두 번 하는 경우도 있었고 케이블 위로 집이 지어져 작업에 애를 먹기도 했다.

보통은 케이블 손상 부분을 잘라낸 뒤 절연 튜브를 이용해 다시 이어주는 것으로 복구가 끝났지만, 절연 튜브로 보수가 불가능할 만큼 손상이 심한 경우에는 케이블을 통째로 들어내고 새로 깔았다. 이 작업을 풀링 Pulling이라 하는데, 두껍고 긴 케이블을 사람의 손으로 끌어당겨야 하는 아주 고된 일이었다. 작업자 간 거리가 멀면 케이블이 방향을 잃어 꼬이기도 하고, 반대로 거리가 좁으면 힘이 낭비되어 눈치껏 자기 자리를 잡는 것이 중요했다. 하루 종일 풀링을 하고 나면 땀이 비 오듯 쏟아졌지만 지체 없이 절연 튜브로 연결하고 흙으로 꼼꼼히 덮어야 했다. 우기에는 비가 워낙 많이 내려 조금의 틈이라도 있다면 금세 흙이 침식되어 케이블이 드러나게 되니 결코 대충 할 수 없는 작업이었다.

말라리아

아프리카 전역에서 발생하는 가장 치명적인 질병 중 하나인 말라리아^{Paludismo}는 2021년까지 공식적인 백신이 없었고 이마저도 아직 완벽한 예방 방법은 아니다. 하지만 높은 치사율에도 불구하고 아프리카에서는 누구나 한 번쯤은 걸리는 흔한 질병이기도 하다. 게다가 열대지방에 있는 말라리아는 우리나라에 있는 것과는 다른 가장 강력한 종인 열대열 말라리아다.

종종 하우스키퍼를 비롯한 현지인 근로자들이 갑자기 결근을 할 때에는 열에 아홉이 말라리아로 인한 친인척 사망이 이유이기도 했다. 이 잔혹한 풍토병 앞에 한국인도 예외는 아니었다. 다른 현장에서 한국인이 감기로 오인해 적절한 치료를 받지 못하다가 결국 사망했다는 말이 돌기도 할 만큼 말라리아는 언제나 우리 곁에 가까이 있었다.

사람들은 말라리아 원충이 평소에도 모기를 통해 우리 몸에 들어와 있기는 하지만 건강한 사람에게는 증상이 발현되지는 않는다고들 했다. 그래서인지 주로 술을 많이 마신 다음날 면역력이 약해진 사람들에게서 자주 발현되기도 했다.

평소 술을 많이 마시지도 않고 운동도 꾸준히 하던 젊은 나는 말라리아에 절대 걸리지 않을 것이라 자신만만했지만, 아주 잠깐 방심한 틈을 타 말라리아가 내 몸속으로 파고들었다. 한국 귀국이 일주일 남았을 무렵 에비베인에 머물던 나는 귀국할 생각에 술도 마시고 밤새 영화도 보고 운동도 하지 않을 만큼 컨디션 관리에 소홀했다. 그래서였을까. 저녁 식사를 마치고 방에 돌아오자마자 몰려오는 피곤함에 평소보다 일찍 잠이 들었지만 갑작스러운 오한 때문에 자정이 되기 전 잠에서 깰 수밖에 없었다. 살면서 이렇게 심한 오한은 처음 느껴봤다. 옷이란 옷은 모두 껴입고 이불도 덮었지만 내 몸은 여전히 떨고 있었다. 뜨거운 물이라도 마셔야겠다는 생각에 커피포트로 끓인 물을 한 잔 마시고 나서야 몸이 진정 되었고, 이내 다시 잠이 들었다. 그런데 한 시간도 채 지나지 않아 이번에는 온몸이 불덩이처럼 뜨거워져 아예 옷을 다 벗어버리고 에어컨을 틀었다. 에어컨 밑에서 몸을 식히는 동안 머리는 깨질 듯이 아팠고, 화장실에 드나들며 토와 설사를 여러 차례 했다. 느낌은 말라리아 같았지만 당시 유행하던 에볼라 바이러스일지도 모른다는 두려움이 몰려왔다.

이후 밤새 오한과 고열이 번갈아가며 나를 괴롭혔고, 지칠 대로 지친 나는 정신을 차리지 못하고 중간중간 방바닥에 쓰러져 기절을 하기도 했다. 하지만 시내의 모든 병원과 약국이 문을 닫았을 시간이라 아침까지 참는 것 말고는 다른 방법이 없었다.

처음 느껴보는 고통을 밤새 참으며 혹여나 내가 잘못되는 건 아닐까 겁도 났다. 사람이 죽기 직전에는 살면서 본 장면들이 눈앞에 스쳐가고 소중한 사람들이 떠오른다는 말이 있는데, 내가 이것을 겪었기 때문이다. 할머니와 엄마, 아빠, 형의 얼굴이 아른아른 보이기도 했고 내가 어릴 적 보았던 것들이 뒤죽박죽 보이기도 했다. 힘들게 정신을 차리고 창문에 휴대폰을 갖다 대어

희미할 만큼 약한 와이파이 신호를 겨우 잡아 인터넷에 연결했다. 혹시라도 내가 잘못되면 우리 형에게 수습을 부탁하는 메시지를 보내기 위해서였다.

"말라리아인지 에볼라인지는 모르겠는데 지금 몸 상태가 많이 좋지 않아. 혹시 모르니 형한테만 알릴게. 내가 만약 잘못되면 수습을..."

간신히 작성한 메시지를 보내자마자 나는 다시 정신을 잃고 쓰러졌고, 나중에 깨어나 확인해 보니 인터넷이 끊겨 메시지가 전송되지 않았다. 만약 전송이 되었다면 가족들이 무척이나 걱정했을 것이 뻔했다.

동이 틀 무렵 알람 소리에 깨어나 곧장 에비베인 종합병원으로 향했다. 간호사에게 증상을 말하자 바늘로 손가락을 찔러 말라리아 키트에 피를 떨어뜨렸다. 결과는 양성이었다. 천만다행이었고 에볼라가 아닌 것에 너무나도 감사했다. 비록 말라리아도 너무 아프고 힘들었지만 에볼라였으면 프랑스까지 치료하러 가거나 꼼짝없이 죽기를 기다려야 했기 때문이다. 어쨌든 당장 치료를 받을 수 있으니 안도의 한숨을 쉬며 쿠바에서 온 의

사에게 진찰을 받고, 침대에 누운 채로 링거주사를 맞았다. 3일 동안 통원하며 맞은 링거주사가 얼마나 독했는지 숨을 쉴 때마다 침을 삼킬 때마다 진한 약 냄새가 역하게 올라왔다. 치료가 끝나고 증상이 사라졌어도 체온이 올라가면 다시 재발할 수 있으니 당분간은 햇볕을 쬐지 말고 실내에서 에어컨을 쐬라는 소장님의 지시에 따라 나는 에비베인을 떠나는 날까지 방에서 답답한 생활을 해야만 했다.

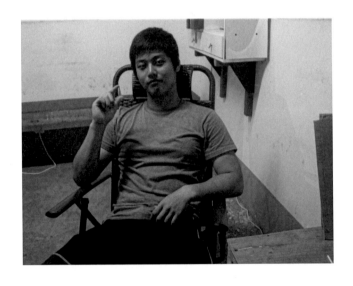

적도기니 일기

2014년 8월 14일 목요일

에볼라 바이러스는 7월 말부터 기니, 시에라리온, 라이베리아, 나이지리아까지 퍼졌고, 아직 공식적인 발표는 나지 않았지만 현지인들 말로는 카메룬은 물론 주변 국가들에게까지 퍼졌다고 한다. 당연히 적도기니에도 퍼졌을 것 같다. 에볼라 바이러스 증상이 말라리아와 유사하기 때문에 쉽게 구분하기는 힘들다고 한다. 한국에서는 아프리카에서 출발한 사람들을 입국시켜서는 안 된다는 여론이 들끓고 있다고 한다. 이미 세계에서 많은 국가들이 에볼라 감염 4개국의 항공 노선을 차단했다. 대한항공도 며칠 전 케냐 항공편을 임시 중단했다. 내가 타고 가는 에티오피아 항공은 언제 중단될지 알 수 없다.

어젯밤 9시경 몽고모에서 미국 선교사가 죽었다고 한다. 원인은 아직 밝히지 못했지만 말라리아나 에볼라로 추정하는 것

같다. 쌍용건설과 수자원공사는 이미 오늘부터 현지인 출근을 금지

시키고 한국인들은 캠프와 작업장에서만 머물 뿐 외부와의 교류는

차단한 것 같다. 우리도 곧 그렇게 될 것 같다.

　하아… 제때 한국으로 돌아갈 수 있을까.

적도기니에서 나를 건설하다

제 5 장

적도기니 이후

퇴사

스물두 살에 적도기니행 비행기에 올랐던 내가 스물세 살이 되어 한국으로 돌아왔다. 돌이켜보니 그때의 나는 무척이나 거침없이 당돌했고 무모했다. 부모님과 친구들의 만류를 뿌리치고 한국을 떠나 아무도 모르는 오지에서 젊다는 패기 하나로 버텨낸 13개월이 길면서도 짧게 느껴졌다. 첫 사회생활이자 해외 파견근무를 하면서 힘이 들 때는 동료들이 도와줬고 외로울 때는 친구들이 달래주었기에 버틸 수 있었던 것 같다.

귀국 후 복학한 학교에서 나는 적도기니 이야기 덕분에 유명 인사 대접을 받으며 학기를 시작했다. 그도 그럴 것이 스페인어과에서 역대 교수와 학생 모두를 통틀어 적도기니에 가 본 사람은 내가 유일했고, 원어민 교수들조차도 내게 많은 것을 물어볼 만큼 그 나라에 대해 아는 사람이 전혀 없었기 때문이다.

내 인생에서 적도기니는 소중한 추억이자 값진 경험이며 내 가치관의 전환점이기도 하다. 그곳에서 나는 일뿐만 아니라 어른들과 어울리며 인생을 배웠고 스페인어 실력도 많이 향상시켜 이전의 나와는 다른 사람이 되어 돌아왔다. 게다가 아프리카 파견근무 경력은 이후 수많은 이력서에 자신 있게 써먹었고, 면접관들의 일등 관심사가 되어 질문 세례를 받기도 했다.

이처럼 특별한 경력과 건설안전기사를 비롯한 여러 자격증들 덕분에 나는 4학년 재학 도중 중견기업 그룹 공채에 합격할 수 있었고, 전력케이블 업계에서 두 번째 회사 생활을 시작했다. 그곳 사람들은 능력이 뛰어나고 각자의 개성도 뚜렷해 배울 점이 많았다. 하지만 해외 현장이 그리워서였을까. 어느 날부터인가 하루 종일 앉아있어야 하는 사무실이 닭장처럼 느껴졌고, 내가 닭장 안에서 사육당하는 닭으로 보였다. 게다가 중남미와의 12시간 시차는 내게 퇴근마저 허락하지 않았다. 나는 결국 두 번째 퇴사를 결심했다.

나는 쉼 없이 달렸었다. 고등학교를 졸업하면서부터 시작된 대학, 군대, 취업의 과정 동안 한 달 이상 쉰 적이 없을 만큼 언제나 목표가 있었고 그 목표를 달성하기 위해 꾸준히 노력하는 삶을 살아왔다. 그러나 이번에는 달랐다. 나도 또래들처럼 여행도 다니고 술도 마시며 쉬고 싶었다. 내 연락처를 어떻게 알았는지 몇 군데 회사에서 더 높은 연봉을 줄 테니 적도기니나 중남미 국가에서 통역을 해달라는 연락이 왔었지만, 그 당시 나는 한국에 있어야만 했고 나도 한국에서 가족과 함께 있기를 원했다.

모아 놓은 돈으로 놀면서 쉬기를 두어 달. 다시 직업을 갖기로 결정했다. 외국보다 한국에서 일하기를 원했지만 해외영업을 다시 하고 싶지는 않았다. 일전에 한번 들춰봤던 민법 책이 꽤나 재밌었던 기억에 비슷한 과목이 있는 공무원 시험을 준비하기 시작했다. 시험 과목들 중 행정학, 행정법, 헌법은 내게 너무나도 낯선 분야였지만 '일단 뭐라도 되겠지'라는 마음으로 집에서 쉬면서 공부를 이어나갔다.

집에서 고양이들과 뒹굴며 공부한 지 6개월쯤 됐을 무렵 공기업 채용 공고들이 올라오는 것을 보고는 행정직으로 몇 군데 지원을 해 봤다. 그동안 공부한 것들이 시험과목에 있으니 모의고사를 치른다는 생각으로 경험을 쌓기 위해서였다.

솔직히 합격은 기대하지 않았다. 준비 기간도 짧았고 내년 시험을 위한 연습이라 생각했기 때문이다. 그런데 어느 날 한 회사에서 면접을 보러 오라는 연락이 왔다. 어안이 벙벙했다. 일단 가보기야 하겠지만 전혀 모르던 회사였으니 면접을 제대로 준비할 수가 없었다.

내가 슬슬 공부에 흥미를 잃어가고 있다는 것을 하늘이 알았을까. 우연히 지원했던 그 회사에 덜컥 합격해 버렸다. 그때 내 나이 스물여섯 살이었다. 그리고 그때 합격한 회사에서 결코 흥미 있는 일을 하는 것은 아니지만 지금까지 꾸준히 다니며 사랑하는 여자와 결혼을 했고 잘생긴 아들도 태어났다. 아마도 지금이 내 인생에서 잠시 쉬어가는 때인 것 같다. 하지만 나의 건설은 아직 끝나지 않았다. 다가올 세 번째 퇴사를 준비한다.

적도기니에서 나를 건설하다 스페인어 통역사원 이야기

발   행 | 2022년 6월 14일
저   자 | 이정도
펴낸이 | 한건희
펴낸곳 | 주식회사 부크크
출판사등록 | 2014.07.15.(제2014-16호)
주   소 | 서울특별시 금천구 가산디지털1로 119 SK트윈타워 A동 305호
전   화 | 1670-8316
이메일 | info@bookk.co.kr

ISBN | 979-11-372-8537-8

www.bookk.co.kr